藏在古詩詞裏的知識百科

秋天篇

貓貓咪呀 編繪

新雅文化事業有限公司
www.sunya.com.hk

目錄

宋·劉翰 生卒年不詳，宋光宗紹熙中前後在世

字號：字武子，另一說法是字武之

簡介：南宋詩人，今存《小山集》一卷。曾為高宗憲聖吳皇后姪吳益子
琚門客，久客臨安，自始至終都沒有做過官。

代表作：《種梅》、《石頭城》、《立秋》等

立秋 (lì qiū)

乳(rǔ) 鴉(yā)①啼(tí) 散(sàn) 玉(yù) 屏(píng)②空(kōng)，

一(yì) 枕(zhěn) 新(xīn) 涼(liáng) 一(yí) 扇(shàn) 風(fēng)。

睡(shuì) 起(qǐ) 秋(qiū) 聲(shēng)③無(wú) 覓(mì) 處(chù)④，

滿(mǎn) 階(jiē) 梧(wú) 桐(tóng) 月(yuè) 明(míng)⑤中(zhōng)。

注釋

❶ 乳鴉：烏鴉幼鳥。

❷ 玉屏：形容屏風精緻。

❸ 秋聲：秋風吹動樹木的聲音。

❹ 無覓處：無處尋找。

❺ 月明：月光。

譯文

天色漸暗，小烏鴉叫着叫着就飛散了，屏風上的字畫也漸漸看不清了。突然枕邊一陣風掠過，感覺如同扇子扇風般清涼。睡夢中隱約聽到風吹草動的聲音，醒來後卻沒有尋覓到一點秋聲，在明亮的月光下，只看到台階上落滿了梧桐葉。

賞析

這首詩描寫夏秋交替的景象。初秋的夜晚，詩人尋覓着秋天到來的跡象。「乳鴉」與「梧桐」兩個意象寓意豐滿，與初秋環境更是十分契合。天冷了，烏鴉就會早早飛回樹林，而梧桐是入秋落葉較早的樹木。詩人從乳鴉飛散、晚風漸涼、夢中風聲、梧桐落葉的景象中，尋覓並感受着秋天到來的跡象，由細微到顯著，描述了夏秋之交自然界的變化，觀察細緻，感受深刻。

古詩詞中的百科

「立秋」是秋天的第一個節氣，一般在公曆 8 月 7 至 9 日之間，這時夏去秋來，季節變化的感覺還很微小，天氣還熱，但接下來北方地區會加快入秋的腳步，秋高氣爽，氣溫也逐漸降低。立秋時節，民間還會祭祀土地神，慶祝豐收。

🍂 貼秋膘 🍂

北方民間流行在立秋這天測量體重，將這時的體重與立夏時對比來檢驗肥瘦，體重減輕叫「苦夏」。瘦了就要補，補的辦法就是「貼秋膘」。這一天，一般會吃燉肉，講究一點的人家會吃白切肉、紅燜肉，以及肉餡餃子、燉雞、燉鴨、紅燒魚等。在秋天進補，身體長膘（變胖），就不怕寒冬了。

🍂 秋老虎可不是真的老虎 🍂

「秋老虎」指的是立秋之後仍然炎熱的天氣。這時暑熱未散，氣溫可短期回熱至35℃以上。一般發生在8至9月之間，特徵是早晚清涼、午後高溫暴曬。中國各地「秋老虎」的表現略有不同，每年秋老虎出現的時間也有長有短。

🍂 秋蟬 🍂

蟬的一生要經歷卵、若蟲和成蟲三個時期。隨着秋天的來臨，蟬的生命即將走到盡頭，因此，牠們會盡力鳴叫。其實蟬的壽命很長，可以長達五至十七年，但絕大部分時間是在黑暗的地下度過的。

卵　若蟲　老熟成蟲　成蟲

梧桐知秋

梧桐樹是一種落葉喬木，它在中國古典詩歌中常常充當着寂寞憂愁的代名詞。

落葉植物與常綠植物相對。落葉植物在一年中有一段時間葉片將完全脫落，銀杏、紅楓等都屬於落葉植物。由於秋冬季節溫度較低，氣候較乾旱，為了減少水分流失，葉子將會脫落。葉片全部脫落之後，第二年又會長出嫩葉。

孝順的小烏鴉

「烏鴉反哺」自古以來就被用來形容兒女們的孝心。據說烏鴉從小在母親的撫養下長大，當烏鴉母親老了看不清楚或是無法覓食時，小烏鴉就會幫母親找來美味的食物，並嘴對嘴地餵飽媽媽，一直到老烏鴉死去。因此，烏鴉可以說是一種孝順的鳥類呢！

古代的扇子

小巧的扇子可以扇風引涼，又攜帶方便，是人們在夏天消暑降溫的必備之物。古代扇子的種類繁多，包括羽毛扇、蒲扇、團扇、摺扇、泥金扇、黑紙扇、檀香扇等。其中從明代才開始流行的摺扇可以說是後起之秀，摺扇的扇面可以書畫，很受文人雅士的歡迎。

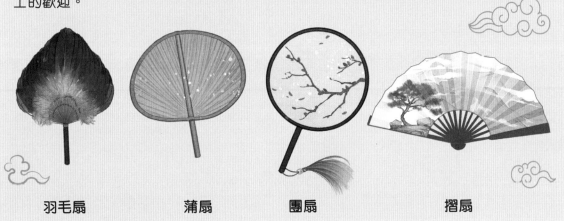

羽毛扇　　蒲扇　　團扇　　摺扇

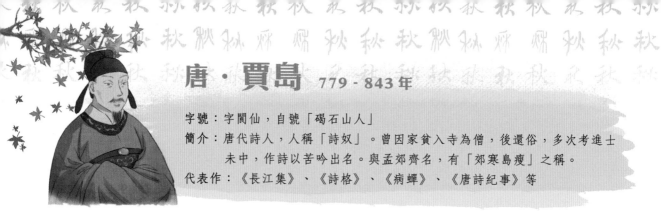

唐·賈島 779 - 843 年

字號：字閬仙，自號「碣石山人」
簡介：唐代詩人，人稱「詩奴」。曾因家貧入寺為僧，後還俗，多次考進士
　　　未中，作詩以苦吟出名。與孟郊齊名，有「郊寒島瘦」之稱。
代表作：《長江集》、《詩格》、《病蟬》、《唐詩紀事》等

尋隱者① 不遇
xún yǐn zhě bú yù

松下問童子②，
sōng xià wèn tóng zǐ

言③師採藥去。
yán shī cǎi yào qù

只在此山中，
zhǐ zài cǐ shān zhōng

雲深④不知處。
yún shēn bù zhī chù

注釋

❶ 隱者：隱居山林的人，此處指代某位不肯做官的賢
　士高人。
❷ 童子：隱者的弟子或學生，尚未成年。
❸ 言：回答說。
❹ 雲深：山間雲霧繚繞。

譯文

　　到山中拜訪一位隱士朋友卻沒有
見到，在松樹旁遇到隱者的弟子，向
他打聽隱者的去向。小童說師父進山
採藥去了，應該就在這座山裏，但山
中林木茂密、雲霧繚繞，無法確定師
父的具體位置。

賞析

　　賈島前往山中訪友，由於未能尋見而向小童求助，這首詩的內容就是詩人和小童的問
答。詩人採用了「一問三答」的手法，用白描手法，簡潔地表現出豐富的內容。

古詩詞中的百科

常青樹

　　松樹屬於常青植物，它的葉子形狀特殊，有的呈細長的針形，葉片表面有蠟質層，面積比較小，水分蒸發少，在嚴寒天氣裏也不需要大量落葉來保存水分，因此四季常青。常青植物在植物學上與落葉植物相對應，包括松柏、冬青、桂樹等。常綠樹也會掉葉子，但同時也會有新葉長出，而有些松、柏科的葉子枯黃後會留在樹枝上，不會落下。

山中雲霧

　　「只在此山中，雲深不知處」一句描述了山中雲霧繚繞的景象。在高山地區，當風將空氣吹向山坡時，空氣會沿着山坡向上爬升，越爬得高溫度越低，空氣中的水氣冷卻並凝結成小水滴，因而形成霧。這樣的霧叫做「上坡霧」。

半山腰為何總是雲霧繚繞？

　　霧是冷熱空氣交鋒的結果。山體上方的空氣較寒冷，而山腳下溫度相對較高、濕氣較大，較高的山峯一般可以暫時阻隔冷熱空氣的交流，而一旦冷風越過山峯，則會和另一側的熱空氣交匯，形成小水滴懸浮在空中，從而成為霧。當然，雲霧形成的前提條件是，山周圍的降水豐沛，或者河流、湖泊較多，這樣就可以提供充足的水氣。另外，山中林木較多，植被生長茂密，吸收了不少的水分，在蒸發和蒸騰作用下，空氣中的水氣較多，水蒸氣很容易達到飽和，當溫度下降時就會液化為水而形成雲霧。

冷空氣

霧

暖空氣

　　本詩作者賈島酷愛詩歌，常為了寫出一句好詩而廢寢忘食。有一天，賈島去長安城郊外探望友人李凝，到達時已是半夜。皎潔的月光下，賈島的敲門聲驚飛了樹上的小鳥。因友人外出，賈島沒見到友人，只好留下一首詩《題李凝幽居》，其中有一句：「鳥宿池邊樹，僧推月下門。」

　　賈島騎驢返回的路上，一直斟酌這句詩的用字，在「推」字和「敲」字之間猶豫不定。進入長安城時，賈島想得入神，無意中闖進韓愈的隨行隊列。韓愈當時的官職相當於首都市長，他知道原因後不僅沒有生氣，還認真想了想，告訴賈島還是用「敲」字好。所以，這句詩最後改成「僧敲月下門」。

郊寒島瘦

　　「郊寒島瘦」一詞出自蘇軾的《祭柳子玉文》，郊寒、島瘦分別指的是中唐詩人孟郊和賈島的詩風。寒指清寒枯槁，瘦指孤峭瘦硬，兩種風格比較相似。孟郊和賈島兩人寫詩都講究苦吟推敲，錘字煉句，詩風清奇悲淒，主題狹窄，總是給人以寒瘦窘迫之感。

孟郊　　　　　賈島

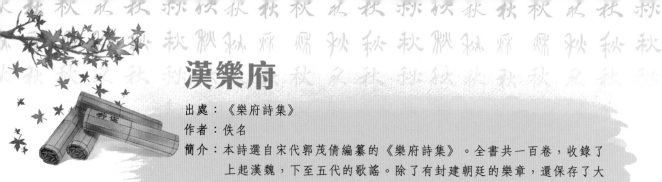

漢樂府

出處：《樂府詩集》

作者：佚名

簡介：本詩選自宋代郭茂倩編纂的《樂府詩集》。全書共一百卷，收錄了上起漢魏，下至五代的歌謠。除了有封建朝廷的樂章，還保存了大量民間入樂的歌詞和文人創造的《新樂府詩》。

敕^① 勒 歌 (chì lè gē)

敕 勒 川^② ，陰 山 下 。
(chì lè chuān，yīn shān xià)

天 似 穹 廬^③ ，籠 蓋 四 野^④ 。
(tiān sì qióng lú，lǒng gài sì yě)

天 蒼 蒼^⑤ ，野 茫 茫 。
(tiān cāng cāng，yě máng máng)

風 吹 草 低 見^⑥ 牛 羊 。
(fēng chuī cǎo dī xiàn niú yáng)

注釋

❶ 敕勒：民族名，北齊時居住在朔州一帶，大約是今山西省北部。敕 chì，粵音斥。

❷ 川：開闊的原野、平原。

❸ 穹廬：用氈布搭成的帳篷，類似蒙古包。穹 qióng，粵音窮。

❹ 四野：四面八方。

❺ 蒼蒼：青色，湛藍。

❻ 見：同「現」，顯露。見 xiàn，粵音現。

譯文

陰山腳下是廣闊無垠的敕勒草原，草原上的天穹像牧民的帳篷，籠罩在茫茫的曠野之上。湛藍的天空一望無際，碧綠的草原廣闊深遠。風吹過時草叢搖擺起伏，草地上成羣的牛羊時隱時顯。

賞析

《敕勒歌》是古老的北朝民歌，全篇只用二十多個字，就描繪出北疆草原的壯美風光，意境開闊，語言簡練，音調高昂，表現出北方遊牧民族的豪邁個性，極富藝術感染力。

古詩詞中的百科

陰山

「敕勒川，陰山下」一句中，陰山指的是陰山山脈，位於內蒙古自治區中部，包括狼山、烏拉山、大青山等。陰山的蒙古語名為「達蘭喀喇」，意思為「七十個黑山頭」，這裏自古以來就是北方遊牧民族的活動場所。

> 我遠嫁他方，其實是肩負重任。

陰山故事：昭君出塞

公元前33年，北方匈奴首領呼韓邪單于主動對漢朝稱臣，並請求和親，以結永久之好。漢元帝派遣宮人昭君以公主身份出塞和親，並賞給她錦帛萬匹、黃金美玉。昭君出塞，出的是光祿塞，這個塞的遺址位於陰山山脈的大青山與烏拉山分界的山峽之中。王昭君肩負着漢匈和親的重任，於第二年初夏到達漠北，獲封「寧胡閼氏」。這個故事後來被改編成各種藝術作品，王昭君被稱為中國古典四大美人之一。

陰山岩畫

陰山岩畫是雕鑿在陰山山脈岩石上的圖畫，分布地域廣泛，主要集中在內蒙古烏拉特中旗、烏拉特後旗、磴口縣等旗縣的境內，題材包括動物、人物、神靈、器物、日月星辰等。陰山岩畫的藝術水平精湛，有敲鑿、磨刻、線刻等刻法，世界上只有少數岩畫遺跡可與之媲美。

古老的部落——敕勒

敕勒是北方古老的部落，又稱赤勒、高車、鐵勒等，曾經生活在今天的內蒙古土默特右旗一帶，主要以漁獵遊牧為生。魏晉南北朝時期開始南移，與中原漢族和其他民族逐漸融合。敕勒是今天維吾爾族的主要族源。

北朝民歌

北朝民歌指南北朝時期北方文人創作的作品，作者多是鮮卑族的人，民歌內容豐富，質樸粗獷、豪邁雄壯。這首《敕勒歌》就是北朝民歌的傑出代表。

南朝民歌

南朝民歌是酒樓和貴族宴會上由歌女們演唱的風情小調，多由南方的樂府機構收集和保存下來，可以說是城市中的歌謠。

《樂府詩集》

本詩收錄在《樂府詩集》中，《樂府詩集》是中國古代的樂府歌辭總集，由北宋郭茂倩編著而成，收錄了漢朝、魏晉以及南北朝民歌的精華之作，也有少量先秦至漢以前的作品。

《樂府詩集》的分類

《樂府詩集》現存一百卷，分為十二大類，有超過五千首歌。

樂府詩集			
郊廟歌辭	燕射歌辭	鼓吹曲辭	橫吹曲辭
相和歌辭	清商曲辭	舞曲歌辭	琴曲歌辭
雜曲歌辭	近代曲辭	雜歌謠辭	新樂府辭

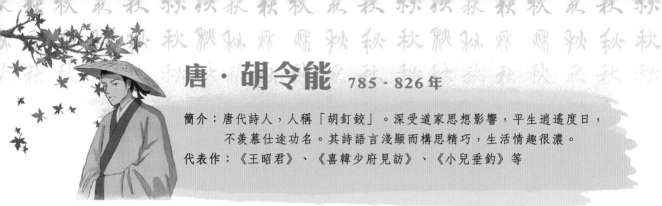

唐・胡令能 785 - 826年

簡介：唐代詩人，人稱「胡釘鉸」。深受道家思想影響，平生逍遙度日，
　　　不羨慕仕途功名。其詩語言淺顯而構思精巧，生活情趣很濃。

代表作：《王昭君》、《喜韓少府見訪》、《小兒垂釣》等

小兒垂釣
xiǎo ér chuí diào

péng tóu zhì zǐ xué chuí lún
蓬　頭　稚　子①學　垂　綸②，

cè zuò méi tái cǎo yìng shēn
側　坐　莓　苔③草　映　身　。

lù rén jiè wèn yáo zhāo shǒu
路　人　借　問④遙　招　手　，

pà dé yú jīng bú yìng rén
怕　得　魚　驚　不　應⑤人　。

注釋

❶ 稚子：指小孩子。

❷ 垂綸：指釣魚。綸是釣魚用的細線。

❸ 莓苔：莓，野草。苔，青苔。

❹ 借問：向人打聽問路。

❺ 應：指回應或者理睬。

譯文

　　一個頭髮散亂的小孩子學釣魚，他側身坐在長滿野草和青苔的河岸邊，影子投射在草地上。過路的人想上前跟他問路，小孩子遠遠地擺手不讓路人走近，也不敢出聲回應，怕嚇跑了魚兒。

賞析

　　這首詩生活氣息非常濃郁，用「蓬頭」和「側坐」寫出了小兒的淘氣與調皮。小孩子擺手阻止路人走近的動作更是妙趣橫生。

古詩詞中的百科

胡釘鉸

本詩作者胡令能生在貧苦人家，年少時學會了修補鍋碗瓢盆的手藝，勉強混口飯吃。「釘鉸」是指修補鍋盆的意思，在古代也是一門職業。胡令能雖然會寫詩，但是沒有荒廢釘鉸之業，所以人們給他取了個外號叫「胡釘鉸」。

孩童的古代別稱

古人對孩童的稱呼是有講究的，不同年齡段的孩子有着不同的叫法。例如，未滿周歲的嬰兒稱為「襁褓」（qiǎng bǎo，粵音強[5]保），而垂髫（tiáo，粵音條）是指三四歲至七八歲的兒童。語出陶淵明《桃花源記》中的「黃髮垂髫，並怡然自樂」。

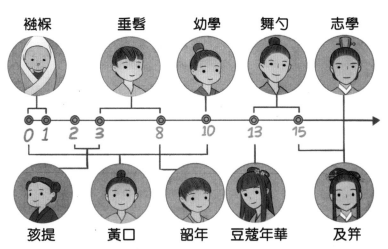

喜歡潮濕的苔蘚

「側坐莓苔草映身」中的苔蘚是一種小型的綠色植物，喜歡潮濕的環境，多生長在河堤或水邊石頭上。它們結構簡單，多只有莖和葉，有些更只有扁平的葉狀體，沒有真正的根和維管束（用來輸送水分和養分的組織）。

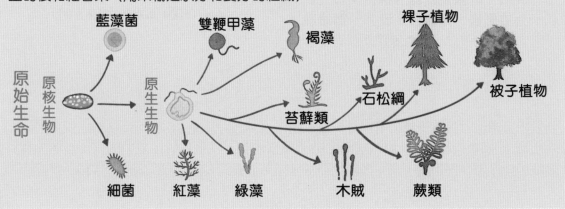

姜太公釣魚——願者上鉤

你以為我在釣魚？其實我在等待時機呢！

姜子牙又名姜尚、姜太公。傳說姜子牙在渭水之濱垂釣，遇見西伯侯姬昌（後來的周文王），獲拜為太師，又獲尊稱太公望，輔佐姬昌建立霸業。姜太公釣魚，實際上是在等待時機。自遇到周文王，他就放下釣竿，盡心輔佐文王和武王，打敗商紂王，成為歷史上有名的功臣。

周穆王愛釣魚

據《穆天子傳》記載，周穆王即使在打仗期間，也會趁有空時去釣魚。在西征時，有一次出巡到因氏國，他在黃河邊上一邊釣魚，一邊觀看河邊的參天古木。那時周天子是天下共主，各地諸侯要朝貢送上玉帛、獸皮、珍玩和地方特產等，可謂富甲天下。所以，周穆王在黃河之畔垂釣，不是為了獲得食物，而是消遣娛樂。

世界上最膽小的魚

「花園鰻」是住在大海裏的魚類，可以說是世界上最膽小的魚類。牠們平時將下半身藏在沙子裏，上半身隨水流晃動，捕食浮游動物，發現有危險時會立刻縮進沙子裏。牠們體形細長，隨着海流晃動，搖曳身姿，遠遠望去好像花園裏的草在隨風搖擺，所以有「花園鰻」之名。牠們是一種羣居動物，主要棲息在珊瑚礁附近的沙質海底，屬糯鰻科魚類。花園鰻如果遭到突然的驚嚇或者強光照射，有機會因為過度緊張而死亡。

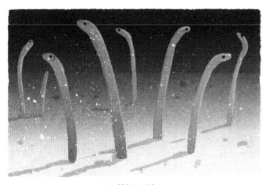

平常狀態

受驚嚇時

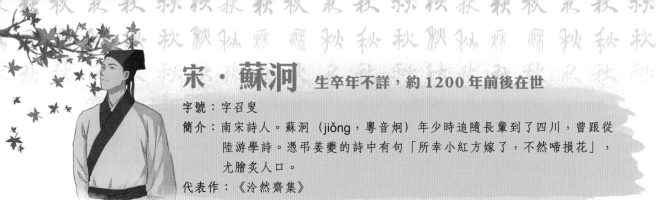

宋·蘇泂 生卒年不詳，約 1200 年前後在世

字號：字召叟

簡介：南宋詩人。蘇泂（jiǒng，粵音炯）年少時追隨長輩到了四川，曾跟從
陸游學詩。憑弔姜夔的詩中有句「所幸小紅方嫁了，不然啼損花」，
尤膾炙人口。

代表作：《泠然齋集》

長江二首·其一
cháng jiāng èr shǒu · qí yī

處暑① 無 三 日②， 新 涼 直③ 萬 金 。
chǔ shǔ wú sān rì， xīn liáng zhí wàn jīn

白 頭 更④ 世 事， 青 草 印 禪 心⑤ 。
bái tóu gēng shì shì， qīng cǎo yìn chán xīn

放 鶴 婆 娑 舞， 聽 蛩⑥ 斷 續 吟 。
fàng hè pó suō wǔ， tīng qióng duàn xù yín

極 知 仁 者 壽， 未 必 海 之 深 。
jí zhī rén zhě shòu， wèi bì hǎi zhī shēn

注釋

❶ 處暑：二十四節氣之一，秋天的第二個節氣。

❷ 三日：形容時間較短。

❸ 直：同「值」，價值的意思。

❹ 更：經歷。

❺ 禪心：一種無欲無求的心境。

❻ 蛩：蝗蟲的別名，俗稱蚱蜢，這裏指蟋蟀。
蛩 qióng，粵音窮。

譯文

　　處暑節氣一過，暑熱幾乎也終結了，接下來涼爽的天氣那麼舒適，簡直無法用金錢來衡量。我已是滿頭白髮、經歷豐富的人了，現在內心更加平和堅定，就像窗外那些努力生長的草一樣。看到仙鶴婆娑起舞，聽那蟋蟀的叫聲斷斷續續。突然感歎，哪怕知道心胸寬廣才能長壽，但能夠做到胸懷如大海般深邃也是很難的事情。

賞析

　　這首詩從節氣轉換入手，描寫了處暑之後大部分地區，尤其是北方的氣溫開始下降，帶來陣陣清涼。這樣一種尋常的自然現象，在詩人筆下卻了無痕跡地昇華為人生哲理，充分表現了詩人雖經過不少世事，可內心仍然如春天的青草，有清靜寂定的心境。

古詩詞中的百科

「處暑」通常在公曆 8 月 23 日前後，也就是農曆的七月中旬。「處」有終止的意思，「處暑」也可理解為「出暑」，即是炎熱離開，氣溫逐漸下降。可在現實生活中，由於受短期回熱天氣影響，處暑過後仍會有一段時間持續高溫，俗稱「秋老虎」。真正的涼爽一般要到白露前後。

◊ 鷹捕食 ◊

處暑初候為「鷹乃祭鳥」，此時，大地五穀豐登，可供鷹捕食的鳥類和動物數量很多，鷹把捕到的獵物擺放在地上，如同陳列祭祀品一般。

◊ 大棗紅了 ◊

農曆七月十五日之後，大棗開始轉紅，到八月十五日之後，大棗才變紅成熟。鮮紅棗的維生素C含量在果品中名列前茅，有「天然維生素丸」的美稱，具有補血養顏、治療失眠的功效。

◊ 中元節 ◊

農曆七月十五日為中元節，這是中國民間用來祭奠逝去親人的節日。節日習俗主要有祭祖、放河燈等。唐代的統治者推崇道教，道教的中元節也在這時開始興盛，並逐漸將「中元」固定為節日名，並沿用至今。

本詩作者曾憑弔好友姜夔（kuí，粵音葵），留下了「所幸小紅方嫁了，不然啼損花」的千古名句。姜夔是南宋文學家、音樂家，當年到范成大府中做客，結識歌女小紅，兩人唱和相對，將對方引為知己，這句詩就記載了這樣的一段往事。

海之深

海洋根據深度可分為五個水層：海洋上層（二百米以上）——這裏陽光充足，生活着海豚、小丑魚、鯊魚等多種生物；海洋中層（二百至一千米）——海水呈黑藍色，有抹香鯨、大王烏賊、大章魚等大型生物出沒；海洋深層（一千至四千米）——從這裏開始就是漆黑一片了；再往下還有海洋深淵層（四千至六千米）和海洋超深淵層（六千米以下），生活在海洋深層以下的魚類大都有發光器官。

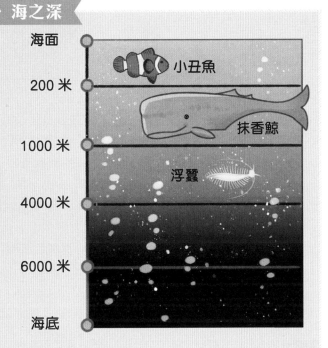

海面
200 米　小丑魚
抹香鯨
1000 米
浮蠶
4000 米
6000 米
海底

延伸學習

《夏日絕句》
宋・李清照

生當作人傑，
死亦為鬼雄。
至今思項羽，
不肯過江東。

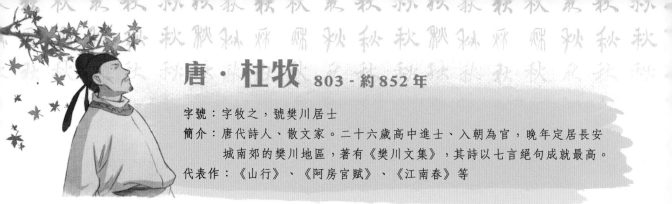

唐·杜牧 803 - 約852年

字號：字牧之，號樊川居士

簡介：唐代詩人、散文家。二十六歲高中進士、入朝為官，晚年定居長安
城南郊的樊川地區，著有《樊川文集》，其詩以七言絕句成就最高。

代表作：《山行》、《阿房宮賦》、《江南春》等

山行 (shān xíng)

遠上寒山①石徑斜②，

白雲生處③有人家。

停車④坐⑤愛楓林晚，

霜葉⑥紅於二月花。

注釋

❶ 寒山：指深秋時節的山。

❷ 斜：傾斜。

❸ 白雲生處：白雲升騰的地方。

❹ 車：馬車。

❺ 坐：因為。

❻ 霜葉：經歷寒霜後已經變紅的楓葉。

譯文

　　一條石頭小路蜿蜒曲折，伸向秋日的山巒。遠處白雲升起的地方應該住着人家。因為喜愛傍晚楓林的景色，就停下了馬車。經過霜凍的楓葉，如紅霞一樣熱烈，比春花還要豔麗。

賞析

　　《山行》是一首秋的讚歌。詩人的視角由下往上，以山路、人家、白雲、紅葉構成了一幅山林「秋景圖」。蕭瑟的秋天裏，詩人眼中的夕陽與楓林交相輝映，層林盡染，生機勃勃，展現出大自然秋色的昂揚之美。

古詩詞中的百科

　　「霜葉紅於二月花」中提到的紅葉，指的是一類觀賞性樹木，例如黃櫨、五角楓、火炬樹等。這類樹木的葉子含有大量花青素（紅色素）。還有一些植物中含有能使樹葉發黃的類胡蘿蔔素。當氣溫下降，天氣轉寒時，葉綠素被大量分解掉。這時，隱藏在樹葉裏的類胡蘿蔔素、花青素等其他色素就會顯露出來，使葉子變成紅色或黃色。

火炬樹

紅葉黃櫨

紅葉槭樹

紅葉觀賞地

　　中國各個地區皆有紅色與彩色植物分布，例如楓樹、紫葉紅櫨、黃櫨、槭樹等。色彩之濃烈，景色之優美，無疑是秋天最耀眼的盛景。著名的紅葉賞景勝地有：北京香山、四川稻城俄初山、四川九寨溝、江蘇南京棲霞山、湖南長沙岳麓山、江蘇蘇州天平山、吉林紅葉谷等。

秋天到了，你看這整個山頭都是紅通通的，多麼壯觀！

本詩作者杜牧在當時已經是一個有名的詩人，又考中了進士，自然滿心驕傲。某天，他遇見一位僧人，交談中說到自己就是杜牧，然而對方卻沒有任何反應。杜牧為此現場作詩一首「北闕南山是故鄉，兩枝仙桂一時芳。休公都不知名姓，始覺禪門氣味長」，藉以表達自己尷尬而失望的情緒。

> 我這麼有名，他肯定知道我是誰。

> 我是杜牧。

> ……

> 好尷尬呀！

杜牧的社交圈

李商隱
與杜牧並稱「小李杜」，同為晚唐著名詩人

杜佑
杜牧祖父，曾任宰相

杜牧

李德裕
宰相，排擠杜牧

張祜
詩人、好友

火燒文章

杜牧晚年身體不適，感覺自己活在世上的日子不多了，於是親筆撰寫了一篇墓誌銘，作為人生的總結，緊接著他就焚燒了這輩子積累的大量手稿，因此留給後人的詩作少之又少。

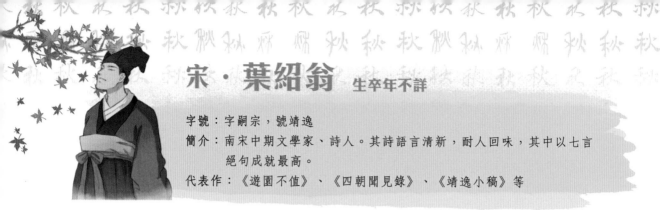

宋・葉紹翁　生卒年不詳

字號：字嗣宗，號靖逸
簡介：南宋中期文學家、詩人。其詩語言清新，耐人回味，其中以七言絕句成就最高。
代表作：《遊園不值》、《四朝聞見錄》、《靖逸小稿》等

夜書所見 （yè shū suǒ jiàn）

蕭蕭① 梧② 葉 送 寒 聲，
（xiāo xiāo wú yè sòng hán shēng）

江 上 秋 風 動 客③ 情。
（jiāng shàng qiū fēng dòng kè qíng）

知 有 兒 童 挑④ 促 織⑤，
（zhī yǒu ér tóng tiǎo cù zhī）

夜 深 籬 落⑥ 一 燈 明。
（yè shēn lí luò yì dēng míng）

注釋

❶ 蕭蕭：擬聲詞，形容風聲。
❷ 梧：梧桐，在古詩詞中常寓意孤獨。
❸ 客：漂泊在外的人。
❹ 挑：撥動，挑逗。
❺ 促織：蟋蟀，也叫蛐蛐。
❻ 籬落：籬笆。

譯文

　　秋風吹動梧桐葉，陣陣寒意襲來。江風吹過，讓漂泊在外的遊人不禁思念起家鄉。忽然看到遠處籬笆下的燈火，應該是孩子們貪玩，還在挑燈鬥着蟋蟀。

賞析

　　這首詩以景入情，借景抒情。前兩句通過描寫寒風、落葉渲染出深秋的蕭瑟景色，後兩句抒發思鄉、思親之情，傳達出遊子悽愴落寞之感。

古詩詞中的百科

江湖詩派是南宋時期的一個詩派，因書商陳起把這些作品輯成《江湖集》而得名，大部分作品較為深刻地反映了南宋的社會生活。它或題詠山川，或記述事件，藉以抒發愛國情懷、批判現實，再現戰亂給人民帶來的苦難。江湖詩派的詩人仿古體樂府，風格或雄放勁切，或質實古樸，很多詩人的七絕詩細緻精巧，長於煉意。劉克莊、戴復古，以及本詩作者葉紹翁均是江湖詩派的代表人物。

梧桐

「蕭蕭梧葉送寒聲」中描繪了梧桐葉飄落的景象。梧桐是一種落葉喬木，生長速度較快，高度可達十五至二十米，樹幹筆直，適合觀賞。梧桐喜光照，不耐寒，壽命較長，通常可以存活一百年以上。

梧桐棲鳳

梧桐為樹中之王，相傳是靈樹，能知時知令。《魏書·王勰傳》中說「鳳凰非梧桐不棲」，鳳凰擇木而棲，後比喻賢才擇良主而侍。

浪漫的南京梧桐

1922年，蔣介石與宋美齡初見之後便對其一見鍾情，婚後更是化身寵妻狂魔。傳聞因為宋美齡喜歡梧桐樹，蔣介石便為宋美齡在南京種了一城市的法國梧桐，其排列組成的圖案更是設計巧妙、富有深意。俯瞰這座城市，法國梧桐排成了一條項鏈的形狀，這條「項鏈」正是蔣介石送給宋美齡的禮物，而「項鏈」的吊墜處是蔣介石送給宋美齡的別墅「美齡宮」。

蟋蟀

蟋蟀古時候被稱為促織，是一種好鬥的鳴蟲，夜間叫聲尤其洪亮。鬥蟋蟀是一項古老的娛樂活動，曾經在北京、天津、上海等地流行。

蟋蟀的種類

✿ 中華蟋蟀 ✿

體長約兩厘米，體黑褐色；雄性發音器在前翅近基部，以翅摩擦發音；常於夜間咬食植物根、莖、果實等，是農業害蟲。

裝備 ★★★☆☆
顏值 ★★☆☆☆
武力值 ★★★☆☆

✿ 大棺頭蟋蟀 ✿

頭扁，前端平，向前傾斜，雄性頭的兩側明顯突出，雄性之間也會打鬥，但鬥性不及鬥蟋。

裝備 ★★★★☆
顏值 ★★★☆☆
武力值 ★★★★☆

✿ 油葫蘆 ✿

身體暗黑色，有光澤，兩複眼內上方具有黃條紋，直達頭後部；後翅較發達，能短暫飛行；夜間覓食，成蟲、若蟲均會吃大豆、高粱等作物。

裝備 ★★★☆☆
顏值 ★★★☆☆
武力值 ★★☆☆☆

✿ 中華灶蟋 ✿

又稱「白蟋蟀」，因常見於農村灶內而得名灶蟋；體形較小，性格溫和，通體呈乳白色，個頭大的如花生米，小的如麥粒；能爬善跳。

裝備 ★☆☆☆☆
顏值 ★★★★☆
武力值 ★☆☆☆☆

延伸學習

《遊園不值》
宋·葉紹翁

應憐屐齒印蒼苔，
小扣柴扉久不開。
春色滿園關不住，
一枝紅杏出牆來。

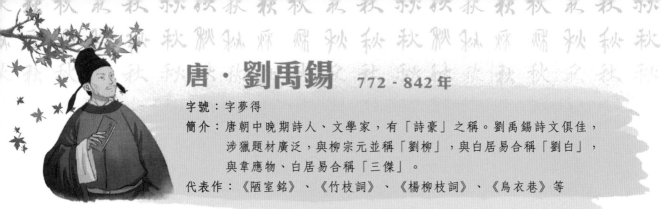

唐·劉禹錫 772 - 842 年

字號：字夢得

簡介：唐朝中晚期詩人、文學家，有「詩豪」之稱。劉禹錫詩文俱佳，
涉獵題材廣泛，與柳宗元並稱「劉柳」，與白居易合稱「劉白」，
與韋應物、白居易合稱「三傑」。

代表作：《陋室銘》、《竹枝詞》、《楊柳枝詞》、《烏衣巷》等

望洞庭
wàng dòng tíng

湖 光 秋 月 兩 相 和①，
hú guāng qiū yuè liǎng xiāng hé

潭 面② 無 風 鏡 未 磨③。
tán miàn wú fēng jìng wèi mó

遙 望 洞 庭④ 山 水 翠，
yáo wàng dòng tíng shān shuǐ cuì

白 銀 盤⑤ 裏 一 青 螺⑥。
bái yín pán lǐ yì qīng luó

注釋

❶ 相和：指湖面波光與天上月光交相輝映。

❷ 潭面：湖面。

❸ 鏡未磨：尚未經過打磨的銅鏡，照物模糊。

❹ 洞庭：洞庭湖。

❺ 白銀盤：形容平靜的湖面波光閃爍，像銀質的盤子。

❻ 青螺：指代洞庭湖中心的君山，古稱洞庭山。

譯文

　　秋月和月下的湖水交相輝映，平靜的湖面波光粼粼，像未打磨的銅鏡。月色中遠眺洞庭山水，山更青翠，水更澄淨，洞庭山彷彿就是白銀盤裏一隻小巧的青螺。

賞析

　　這是一首寫景詩，詩人以清新的筆調勾畫出一幅洞庭山水圖。全詩從「望」字着眼，由近及遠，近景水月交融、湖面如鏡，遠景山水青翠，君山如螺。情景交融、清奇別緻。

古詩詞中的百科

洞庭湖

洞庭湖，古稱雲夢、九江、重湖，位於長江中游荊江南岸，湖面開闊，蓄洪能力很強。洞庭湖區域是中國傳統農業發祥地，是著名的魚米之鄉。君山是洞庭湖中的一座小島，古稱洞庭山、湘山，佔地面積不足一平方公里，平均海拔約五十五米，與岳陽樓遙遙相對。

洞庭湖故事：湘妃竹

洞庭湖中有一座風光秀麗的小島名為君山，這裏生長着久負盛名的湘妃竹。湘妃竹又名斑竹，全身布滿紫色的斑點。

傳說舜帝與惡龍大戰而死，他的兩個妃子娥皇與女英聽聞噩耗，哭泣了九天九夜，最後抑鬱而終，但她們在竹林中留下的斑斑淚痕卻再未消失過。

也有一個說法是，舜帝在外巡視時不幸病逝，娥皇和女英忽聞噩耗，十分悲痛，也投在湘水中自盡。後來兩人成為了湘水之神，時常登上君山遠眺，懷念自己的丈夫。

人們稱她們為「湘妃」、「湘夫人」，那些斑竹就名為「湘妃竹」。

青螺

青螺也叫塘螺或河螺，是螺的一種，有橢圓形的殼，表面有斑紋，可以食用，分布在中國淡水水域的湖泊、池塘、沼澤、河流、小溪等處。在文學作品中，常以青螺來比喻青山，也有用青螺來代指古代的一種髮型。

錐形、紡錘形或橢圓形的硬殼：用來保護柔軟的身體。

身體分泌的液體：有助輕鬆地附着於光滑的表面，某些品種的螺可以分泌有害的混合物來阻擋掠食者。

厴：頭和足縮入殼內後，厴（yǎn，粵音掩）就像關上大門一樣封閉起來，有助保護自己。

本詩作者劉禹錫與柳宗元年齡相差一歲，都是當時有名的文學家，二人並稱「劉柳」。他們同登進士，一同在朝為官，共同參加了永貞革新，革新失敗後又同時被貶南荒。兩人相識二十多年，一同經歷各種起跌。二人雖然詩風不同，劉禹錫的詩雄豪蒼勁，柳完元的則是峭拔簡潔，但無阻他們成為莫逆之交。

二人被貶時，柳宗元顧慮到劉禹錫老母年邁，上書「以柳易播」，自己甘願替劉禹錫去條件更艱苦的播州任職。柳宗元去世後，劉禹錫為其送葬，並把他的兒子撫養長大，又將柳宗元一生的作品編輯成《柳河東集》，撰寫序言，使之流傳至今。

延伸學習

《陋室銘》（節選）
唐·劉禹錫

山不在高，有仙則名。水不在深，有龍則靈。斯是陋室，惟吾德馨。苔痕上階綠，草色入簾青。談笑有鴻儒，往來無白丁。

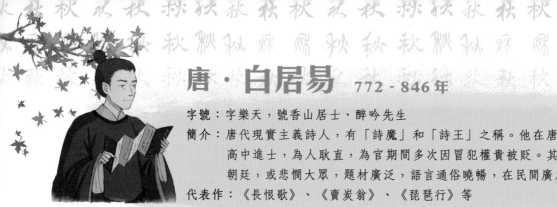

唐·白居易 772 - 846 年

字號：字樂天，號香山居士、醉吟先生

簡介：唐代現實主義詩人，有「詩魔」和「詩王」之稱。他在唐德宗貞元年間高中進士，為人耿直，為官期間多次因冒犯權貴被貶。其詩或諷刺封建朝廷，或悲憫大眾，題材廣泛，語言通俗曉暢，在民間廣為流傳。

代表作：《長恨歌》、《賣炭翁》、《琵琶行》等

衰荷①
shuāi hé

白露②凋花花不殘，
bái lù diāo huā huā bù cán

涼風③吹葉葉初乾。
liáng fēng chuī yè yè chū gān

無人解愛蕭條境，
wú rén jiě ài xiāo tiáo jìng

更繞衰叢一匝④看。
gèng rào shuāi cóng yì zā kàn

注釋

❶ 衰荷：衰敗的荷。

❷ 白露：農曆二十四節氣之一。

❸ 涼風：指秋風。

❹ 一匝：一圈。匝 zā，粵音眨。

譯文

　　白露到了，天氣漸漸寒冷，荷花就要凋謝了，將落未落。荷花的葉子在秋風中變得乾枯了。為什麼沒有人喜愛荷花凋零的蕭條景色呢，我繞着衰敗的荷花叢再欣賞一遍。

賞析

　　這是一首惜荷之作，前兩句抒情，後兩句議論。本詩通過描寫白露後秋風中荷花花殘葉枯的蕭條景象，突出了荷花在秋意中獨立的殘缺清峻之美，以「無人解愛」與「更繞衰叢一匝看」作對比，表達出詩人對殘荷的憐愛之情。

古詩詞中的百科

「白露」是農曆二十四節氣中的第十五個節氣，在公曆 9 月 7 至 9 日之間。這時天氣漸漸轉涼，夜晚氣溫下降，空氣中的水氣遇冷凝結成細小的水珠，密集地附着在花草樹木的莖葉或花瓣上。清晨，水珠在陽光照射下，晶瑩剔透、潔白無瑕，所以稱為白露。

❧ 露水現 ❧

通常在 0℃ 以上的時候，如空氣中的水氣達到飽和而凝結成小水滴，並依附在固體表面上，就會形成「露」，這個溫度就稱為「露點溫度」。秋天氣溫低，晝夜溫差大，積聚在大氣中的水氣凝結到草木上，當早晨太陽升起時，便形成一滴滴閃着光的露珠。

❧ 桂花開 ❧

白露時節正是桂花盛開的時候。桂花極香，花萼長約一毫米，裂片不算整齊，花冠為黃白色、淡黃色、黃色或橘紅色。金秋時節，叢桂怒放，在明月當空的晚上，一邊賞月，一邊賞桂，也是一樁雅事。

❧ 鴻雁南飛 ❧

每到秋天，北方氣候漸轉寒冷，大雁、燕子等候鳥便會飛往溫暖的南方過冬。同時，喜鵲、麻雀等留鳥則會準備一些食物，留在本地過冬。

❧ 棗熟了 ❧

白露前後，大棗成熟，棗樹上掛滿了紅彤彤的果子。孩子們有的爬樹去摘，有的拿杆子去打，然後撿起掉落在地上的紅棗，洗乾淨之後放進嘴裏，感受那甜甜的滋味。

唐文宗時期，本詩作者白居易曾捐修洛陽的香山寺，並撰寫了《修香山寺記》，又將《白氏洛中集》放在香山寺藏經堂中，自己常住寺內，因此自號「香山居士」。

荷花——植物中的活化石

被子植物又稱開花植物、有花植物，荷是被子植物中起源較早的植物之一。2014年，山東省濟寧市梁山縣一個施工地盤裏，偶然發現土層中埋藏了距今約六百至七百年的古蓮子，估計當時為明末元初。北京植物園和合肥植物園先後嘗試播種栽種，分別開出了粉色和白色帶青的花。這是由於蓮子外層果皮結構精巧，空氣和水分不易進入內部，但又能讓種子進行呼吸作用。因此，蓮子在適當環境下可保存上千年，一旦滿足條件便可萌發生長。

延伸學習

《秋夜將曉出籬門迎涼有感》
宋·陸游

三萬里河東入海，
五千仞嶽上摩天。
遺民淚盡胡塵裏，
南望王師又一年。

唐・王昌齡 698 - 757 年

字號：字少伯

簡介：盛唐邊塞詩人，詩歌以七言絕句成就最高，語言精練、意境寬厚，
被後世譽為「七絕聖手」。

代表作：《從軍行七首》、《出塞》、《閨怨》等

採蓮曲
cǎi lián qǔ

荷　葉　羅　裙①一　色　裁②，
hé yè luó qún yí sè cái

芙　蓉③向　臉　兩　邊　開　。
fú róng xiàng liǎn liǎng biān kāi

亂　入　池　中　看　不　見④，
luàn rù chí zhōng kàn bú jiàn

聞　歌　始　覺　有　人　來　。
wén gē shǐ jué yǒu rén lái

注釋

❶ 羅裙：絲綢材料的裙子。

❷ 一色裁：用同一顏色的衣料剪裁而成的。

❸ 芙蓉：荷花。

❹ 看不見：分不清。

譯文

　　荷葉與採蓮女的綠羅裙彷彿同一個顏色，採蓮女的臉龐也掩映在盛開的荷花中間。荷葉羅裙、芙蓉人面渾然一體，分不清哪個是羅裙，哪個是荷葉，聽到歌聲才知道採蓮女划着小船緩緩駛過來。

賞析

　　這首詩寫採蓮女，卻不正面描寫，而是寫荷葉與羅裙同色、荷花與臉龐媲美，又以不見人影只聞歌聲等手法加以襯托。「看不見」、「始覺」相呼應，營造出蓮花玉立高過人，採蓮少女若隱若現的意境，生動活潑，清麗自然，情趣盎然。

古詩詞中的百科

羅裙

羅裙是指用絲羅製成的裙子，泛指女孩的衣裙。裙是中國古代女子的主要下裝，由裳演變而來。裙是由多幅布帛連綴在一起組成的，這是裙有別於裳之處。

「芙蓉面」與卓文君

漢代的卓文君為蜀郡臨邛的冶鐵巨賈卓王孫之女，也是中國古代四大才女之一，姿色嬌美，精通音律，善彈琴，遠近聞名。卓文君與當時著名文人司馬相如的一段愛情佳話至今仍為人津津樂道。據《西京雜記》卷二記載，卓文君「姣好眉色如望遠山，臉際常若芙蓉，肌膚柔滑如脂」，後人遂以「芙蓉面」比喻美人的容顏。

採蓮

採蓮是古代的勞作活動，自古以來，江南地區水道縱橫、池塘遍布，多種植蓮藕。夏秋之際，少女乘小船穿行在蓮池中，輕歌互答，採摘蓮蓬。一般從小暑開始，立秋前後為採蓮旺季，即為7至9月，秋分前後採完。

芙蓉

芙蓉花可以細分為木芙蓉和水芙蓉。木芙蓉屬於落葉灌木或者小喬木，花朵大而鮮豔。水芙蓉指的就是生在水中的荷花。荷花也叫蓮花，是出水植物，花莖和荷葉會伸出水面。人們常把蓮（荷）和睡蓮相混，蓮葉圓形，無裂縫，而睡蓮的葉子有裂縫，而且緊貼水面。

本詩作者王昌齡五十九歲那年，輾轉歸鄉途中被刺史閭丘曉殺害。後來，閭丘曉觸犯軍法在刑場上將被處死時，向宰相張鎬求饒，說是家中有老母需要贍養。但是張宰相反問道：你殺王昌齡的時候，為何不替他的母親考慮？閭丘曉啞口無言，只能赴死。

> 一派胡言！你當初殺害王昌齡的時候，怎麼不想想他的母親怎麼辦？

> 嗚嗚！求求大人，饒我一命吧，我家中有老母親要照顧呀！

《近代雜歌·青陽歌曲》
南北朝·鮑令暉

青荷蓋綠水，
芙蓉發紅鮮。
下有並根藕，
上生同心蓮。

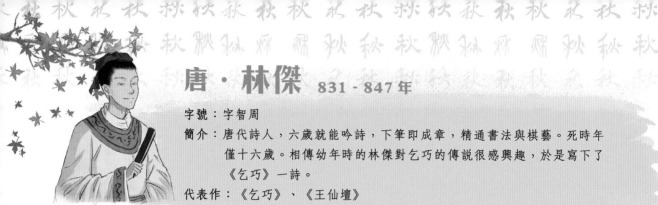

唐·林傑 831 - 847 年

字號：字智周

簡介：唐代詩人，六歲就能吟詩，下筆即成章，精通書法與棋藝。死時年僅十六歲。相傳幼年時的林傑對乞巧的傳說很感興趣，於是寫下了《乞巧》一詩。

代表作：《乞巧》、《王仙壇》

乞巧 (qǐ qiǎo)

七夕① 今宵 看 碧霄②，
qī xī jīn xiāo kàn bì xiāo

牽牛 織女 渡 河橋③。
qiān niú zhī nǚ dù hé qiáo

家家 乞巧 望 秋月，
jiā jiā qǐ qiǎo wàng qiū yuè

穿盡 紅絲 幾萬條④。
chuān jìn hóng sī jǐ wàn tiáo

注釋

❶ 七夕：中國傳統節日，農曆七月初七，又名乞巧節、女兒節。
❷ 碧霄：浩瀚的天空。
❸ 河橋：銀河的鵲橋。
❹ 幾萬條：虛數，形容數量很多。

譯文

　　七夕之夜仰望浩瀚的夜空，看牛郎織女在鵲橋上相會。家家戶戶都在賞月，女孩們爭着穿針引線、對月乞巧，穿過的紅線數也數不清。

賞析

　　這首詩描繪了唐朝民間歡度七夕的場景。詩人從美麗的傳說入手，再轉到民間節慶的景象，表現出人們對美好生活的嚮往和節日裏的喜悅之情，簡明扼要，形象生動。

古詩詞中的百科

銀河

織女星　　牛郎星

在中國古代稱為天河、銀漢、星河、星漢、雲漢，指橫跨星空的一條乳白色亮帶，是由無數恒星和雲氣分布成帶狀的結構，在晴天時就能看到。尤其是在夏季的晚上，很容易見到明亮的織女星和牛郎星。

難以相見的牛郎織女星

娘子啊，這距離恐怕一年見不了一次啊！

牛郎星和織女星都是恒星，能發光發熱，分別屬於天鷹星座和天琴星座。用肉眼看，它們雖然僅僅隔着一條銀河，但事實上，這兩顆星星之間相距大約十六光年，即使以光速前進，到達對方那裏也需要十六年之久，要見面並不容易呢！所謂牛郎織女每年通過鵲橋相會，不過是人們的美好願望罷了。

牛郎織女的傳說

傳說古代天帝的孫女織女擅長織布，每天給天空織彩霞，但她討厭這枯燥的生活，就偷偷下到凡間，嫁了給河西的牛郎，過上了男耕女織的生活。此事惹怒了天帝，天帝下令把織女捉回天宮，責令他們分離，只允許他們每年的農曆七月七日在鵲橋上相會一次。他們堅貞的愛情感動了喜鵲，無數喜鵲飛來，用身體搭成一道跨越天河的彩橋，讓牛郎織女在天河上相會。

乞巧

　　乞巧是七夕節的傳統習俗，起源於漢代。古人認為織女聰明美麗，心靈手巧，於是少女們在農曆七月初七的夜晚向織女乞巧，希望自己也變得聰慧和巧手。每個地區的乞巧方式各不相同，近代主要有穿針引線、蒸巧饃饃、烙巧果子、生巧芽等。

> 要一連穿過七根針，才算巧手呀！加油！

> 嗯，等我穿完針，我們一起吃「巧果」。

紅線

　　紅線的原意是紅色絲線，後來多指男女婚姻彷彿有紅線暗中牽連。現代指用筆在圖紙上畫出來的紅色線條，一般是規劃部門使用，也比喻不可逾越的界限等。

延伸學習

《楓橋夜泊》
唐·張繼

月落烏啼霜滿天，
江楓漁火對愁眠。
姑蘇城外寒山寺，
夜半鐘聲到客船。

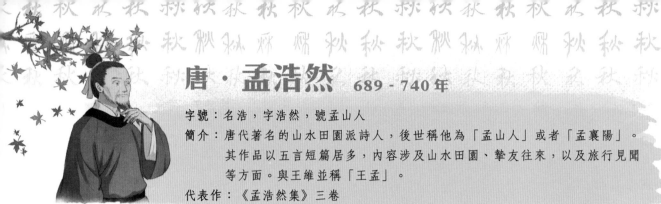

唐·孟浩然 689 - 740 年

字號：名浩，字浩然，號孟山人

簡介：唐代著名的山水田園派詩人，後世稱他為「孟山人」或者「孟襄陽」。
其作品以五言短篇居多，內容涉及山水田園、摯友往來，以及旅行見聞
等方面。與王維並稱「王孟」。

代表作：《孟浩然集》三卷

過① 故 人 莊
guò gù rén zhuāng

故 人 具② 雞 黍③ ， 邀 我 至 田 家 。
gù rén jù jī shǔ　　yāo wǒ zhì tián jiā

綠 樹 村 邊 合④ ， 青 山 郭⑤ 外 斜 。
lù shù cūn biān hé　　qīng shān guō wài xié

開 軒⑥ 面 場 圃⑦ ， 把⑧ 酒 話 桑 麻 。
kāi xuān miàn chǎng pǔ　　bǎ jiǔ huà sāng má

待 到 重 陽 日⑨ ， 還 來 就⑩ 菊 花 。
dài dào chóng yáng rì　　huán lái jiù jú huā

注釋

❶ 過：拜訪。

❷ 具：準備。

❸ 雞黍：雞和黃米飯，形容飯菜豐盛。黍shǔ，
粵音鼠。

❹ 合：環繞着。

❺ 郭：外層的城牆，古代的城牆通常有內外兩
重，內為城，外為郭。

❻ 軒：窗戶。

❼ 場圃：打穀場和菜園。

❽ 把：端起。

❾ 重陽日：農曆九月初九的重陽節。

❿ 就：兩種東西搭着吃或者喝。

譯文

　　老朋友準備了豐盛的飯菜，請我到
他家做客。朋友家所在的村莊綠樹環繞，
村外青山連綿。推開他家的窗戶就看見
穀場和菜園，端起酒杯邊喝邊聊家常，
並相約重陽節時再來拜訪，與朋友一起
喝酒賞菊。

古詩詞中的百科

重陽節敬老

重陽節為農曆九月初九，也稱重九，是中國的傳統節日。重陽節這天，人們登高祈福、遠眺，還有觀賞菊花、遍插茱萸、吃重陽糕、飲菊花酒等習俗，一直沿襲至今。古人認為「九」是數字中的最大數，有長久長壽的含義，寄託着人們對老人健康長壽的美好祝願。從1989年開始，中國把重陽節這一天確定為「敬老節」，提倡尊老、敬老、愛老、助老。

菊花酒

中國民間有重陽節飲菊花酒的傳統習俗，早在魏晉時期已盛行釀菊花酒。菊花酒古稱長壽酒，用菊花與糯米、酒麴釀製而成，味道清涼甜美，有養肝、明目、健腦、延緩衰老等功效，在古代是重陽必飲、能祛災祈福的「吉祥酒」。

山水田園詩派

《過故人莊》是一首山水田園詩。這類詩以描寫自然風光、農村景物以及安逸恬淡的隱居生活為主要內容，詩境優美，風格淡雅，語言清麗，多用白描手法，描繪一種安寧平和或者與世無爭的生活。代表詩人主要有東晉陶淵明、南朝謝靈運、唐朝王維以及本詩作者孟浩然等。

菊花是怎樣成名的？

很早以前，菊花只是無名小花，但自從陶淵明寫下「採菊東籬下，悠然見南山」之後，它就出名了。之後許多詩人將菊花作為歌詠對象，久而久之就將它塑造成不畏寒霜的君子之花。在中國人眼中，菊花不僅有着清寒傲雪的品格，在古神話傳說中，菊花還有吉祥長壽的含義，因此廣受人們喜愛。

中國種植菊花有悠久的歷史，並且培育出多個品種，例如多頭菊、獨本菊、大麗菊等。

延伸學習

《書湖陰先生壁》
宋·王安石
茅簷長掃淨無苔，
花木成畦手自栽。
一水護田將綠繞，
兩山排闥送青來。

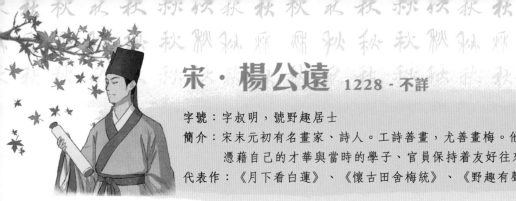

宋·楊公遠 1228 - 不詳

字號：字叔明，號野趣居士

簡介：宋末元初有名畫家、詩人。工詩善畫，尤善畫梅。他一輩子沒做官，憑藉自己的才華與當時的學子、官員保持着友好往來。

代表作：《月下看白蓮》、《懷古田舍梅統》、《野趣有聲畫》等

三用韻十首·其三
sān yòng yùn shí shǒu · qí sān

屋　頭　明　月　上　，　此　夕①　又　秋　分②　。
wū tóu míng yuè shàng　　cǐ xī yòu qiū fēn

千　里③　人　俱　共④　，　三　杯　酒　自　醺⑤　。
qiān lǐ rén jù gòng　　sān bēi jiǔ zì xūn

河　清　疑⑥　有　水　，　夜　永⑦　喜　無　雲　。
hé qīng yí yǒu shuǐ　　yè yǒng xǐ wú yún

桂　樹　婆　娑⑧　影　，　天　香　滿　世　間　。
guì shù pó suō yǐng　　tiān xiāng mǎn shì jiān

注釋

❶ 夕：夜晚。

❷ 秋分：秋天的第四個節氣，一般在公曆9月23日前後，當天晝夜長短相等，各十二小時。

❸ 千里：虛數，指代普天下。

❹ 共：同「供」，供奉。

❺ 醺：酒醉。

❻ 疑：疑惑，懷疑。

❼ 夜永：長夜。

❽ 婆娑：形容樹枝飄盪，輕輕舞動的樣子。

譯文

　　明月當空，月光照在屋頂上，又到了一年一度的秋分之夜。今晚，普天下的人們都會供奉月神，敬神的酒已經陶醉了斟酒人。眼前河流清澈平靜，看起來好像沒有水似的，我喜歡這樣萬里無雲的漫漫長夜。桂樹在微風中搖曳枝條，陣陣花香追隨着我，整個世界都彷彿被這芳香填滿了。

古詩詞中的百科

「秋分」是農曆二十四節氣中的第十六個節氣，時間一般為每年的公曆9月22至24日。南方的氣候由這一節氣起才開始入秋。秋分過後，太陽直射點繼續由赤道向南半球推移，北半球各地開始晝短夜長，南半球則相反。

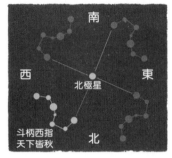

❀ 北斗指西 ❀

秋分時節，中國大部分地區進入涼爽的秋季，秋高氣爽，降水逐漸減少。此時夜觀天象，就能看到北斗星的斗柄指向西方。

❀ 秋收 ❀

秋分是美好宜人的時節，也是農業生產中重要的節氣。秋分至寒露這半個月正是收穫的大好時機。長江流域及以南廣大地區正忙着晚稻的收割。秋收作物是指當年春夏和夏秋播種、當年秋季收穫的作物，主要包括稻穀、玉米、棉花、煙葉、芝麻等。

吃飽肚子才能愉快地冬眠呀！

❀ 準備冬眠 ❀

需要冬眠的動物到了秋天會變得很忙碌，就如松鼠，既忙着儲藏食物過冬，又忙着把肚子填得滿滿的，把身體養得胖胖的，還要開始搭建自己冬眠所用的巢穴。

❀ 祭秋月與中秋節 ❀

古語有云：「春祭日，秋祭月。」秋分原本是「祭月節」，這天不論君王還是百姓，大家都會用自己的方式表達對月神的崇拜。遺憾的是，秋分當天不一定出現圓月。好在八月十五月兒圓，所以，經過長期摸索調整，中秋節就取而代之成了「祭月節」，並最終固定下來，成為中國的傳統節日之一。

本詩作者楊公遠的大部分詩作都收錄在文淵閣《四庫全書》當中。《四庫全書》成書於清乾隆年間，幾乎就是此前年代眾多優秀書籍的集合體，劃分為經、史、子、集四部，全稱《欽定四庫全書》。當年以紀曉嵐為首，數百位有識之士參與編撰，三千多人共同抄寫了十三年才得以完成。

文淵閣

文淵閣位於北京故宮院內東側，臨近東華門，是一座大型皇家藏書樓。《四庫全書》手抄本總共有七部，其中一部最初收藏在文淵閣，所以稱作文淵閣版《四庫全書》。

歙硯

楊公遠的家鄉在安徽省歙縣（歙 shè，粵音涉），古稱歙州，當地特產歙石加工而成的硯台（硯 yàn，粵音現），被稱為歙硯。當中以龍尾山（今江西省婺源縣與安徽省歙縣之間）出產的歙硯石品質最好，所以又稱為「龍尾硯」。歙硯具有發墨益毫、滑不拒筆、澀不滯筆的特點，與甘肅洮硯、廣東端硯、山西澄泥硯，合稱中國四大名硯。

延伸學習

《出塞》
唐．王昌齡

秦時明月漢時關，
萬里長征人未還。
但使龍城飛將在，
不教胡馬度陰山。

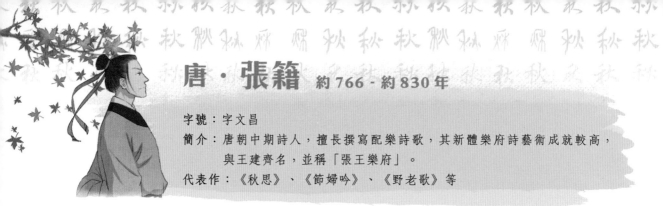

字號：字文昌

簡介：唐朝中期詩人，擅長撰寫配樂詩歌，其新體樂府詩藝術成就較高，
　　　與王建齊名，並稱「張王樂府」。

代表作：《秋思》、《節婦吟》、《野老歌》等

秋思 (qiū sī)

洛 陽 城 裏 見① 秋 風，
luò yáng chéng lǐ jiàn qiū fēng

欲 作 家 書 意 萬 重②。
yù zuò jiā shū yì wàn chóng

復 恐③ 匆 匆 說 不 盡，
fù kǒng cōng cōng shuō bú jìn

行 人④ 臨 發 又 開 封⑤。
xíng rén lín fā yòu kāi fēng

注釋

❶ 見：颳起。
❷ 意萬重：一時想起很多事情。
❸ 復恐：又恐怕。
❹ 行人：信使，郵差。
❺ 開封：拆開信封。

譯文

　　秋風漸起，客居在洛陽城的遊子更加思念家鄉。想寫封家書問候親人，又怕思緒萬千，不知從何說起。郵差都要出發了，忍不住再拆開信封，擔心遺漏了什麼。

賞析

　　這首七言絕句寓情於事，用寫信、寄信這樣平平常常的小事，表達了詩人對家鄉親人的思念和牽掛。詩人先寫因「見秋風」，引起思鄉的心緒，「欲作」家書卻千言萬語湧上心頭，寫好了信「復恐」漏下什麼重要的話，從郵差手裏要回來「又」拆開檢查。全詩一氣呵成，明白如話，樸實、真切地表現了遊子的思鄉之情，看似平常，細節中卻蘊含着濃厚的鄉愁。

古詩詞中的百科

古都洛陽

「洛陽城裏見秋風」中的「洛陽」地處河南省西部，古稱洛邑、洛京、神都、洛城等，是十三朝古都，從夏朝開始就已用作國都，至今已有五千多年的歷史。

東漢絲綢之路起點

西漢的張騫兩次出使西域，開闢了通往西域的道路，可是後來王莽篡漢，天下大亂，西域和中原暫停來往。東漢時，漢明帝派遣班超從洛陽出發出使西域，打通了荒廢已久的絲綢之路，且首次將絲綢之路延伸到了歐洲羅馬帝國。羅馬帝國也首次派遣使臣順着班超打通的絲綢之路來到東漢，在洛陽觀見了大漢皇帝。這是歷史上羅馬帝國和中國交往的最早紀錄。

洛陽牡丹

洛陽牡丹名滿天下，花色繁多，有紅、白、粉、黃等九大色系、十種花型、一千多個品種，被稱為「花中之王」。牡丹象徵着富貴、吉祥、幸福、繁榮，在中國已有一千九百多年的栽培歷史。

關於洛陽牡丹還有一個民間傳說——冬日大雪，武則天趁醉寫下詔書，命令百花連夜開放。幾乎所有的花都不敢抗旨，一夜齊放，唯有牡丹堅持不開。武則天大怒，下令燒死牡丹，還將它貶出京城，棄於洛陽邙山。可是，牡丹一到洛陽就昂首怒放。自此，牡丹不畏強權的精神為人們所歌頌。

居然抗旨不開？把牡丹貶到洛陽！

呵呵！看你還如何開放！

好美呀！牡丹真是花中精品！

古代的郵差

「行人臨發又開封」中的「行人」在這首詩裏是指送信的郵差。郵差在秦朝時就出現了，那時主要是官郵，傳遞公文和官方書信，有騎馬的、坐車的和步行的，途中設驛站可以休息。到了唐代，官郵交通線以京城長安為中心，直達邊境地區，分為陸驛、水驛、水陸相兼三種，各驛站設有驛舍，配有驛馬、驛驢、驛船等。至於民間的信件郵遞，則是從明清時期才開始的。

詩人小故事：拿詩當藥吃

張籍，看你氣色很不錯，你在吃什麼呢？

把杜甫的詩燒成灰，佐以蜂蜜入味，真是人間美味啊！

本詩作者張籍十分崇拜杜甫。有一天，朋友來看望張籍，發現他在吃一種「藥」，連吃三勺，但是又很開心不像生病的樣子。經詢問才知，原來張籍吃的是杜甫的詩！他把杜甫的詩抄寫下來用火燒掉，然後拌着蜂蜜吃下去，如此，他覺得就能得到杜甫真傳了。

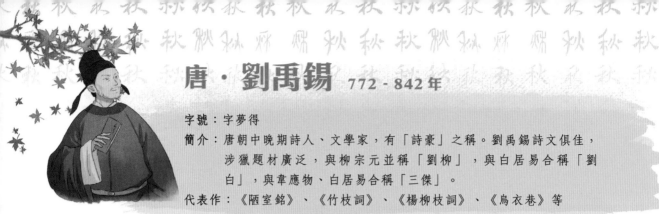

唐·劉禹錫 772－842年

字號：字夢得

簡介：唐朝中晚期詩人、文學家，有「詩豪」之稱。劉禹錫詩文俱佳，涉獵題材廣泛，與柳宗元並稱「劉柳」，與白居易合稱「劉白」，與韋應物、白居易合稱「三傑」。

代表作：《陋室銘》、《竹枝詞》、《楊柳枝詞》、《烏衣巷》等

浪淘沙

九曲①黃河萬里沙②，

浪淘③風簸④自⑤天涯。

如今直上銀河去，

同到牽牛織女⑥家。

注釋

❶ 九曲：形容黃河的河道曲曲彎彎的。

❷ 萬里沙：黃河流淌挾帶的大量泥沙。

❸ 浪淘：波浪翻滾的樣子。

❹ 簸：上下顛簸。簸bǒ，粵音播。

❺ 自：來自，古人相信黃河的源頭是銀河。

❻ 牽牛織女：兩顆星星的名字，分別為神話傳說中牛郎與織女的家。

譯文

曲曲彎彎的黃河挾帶了數不清的泥沙，一路上波濤翻滾，從天的盡頭奔湧而來。讓我沿着黃河直沖上銀河，到牛郎織女的家裏做客吧。

賞析

這首詩用黃河岸邊淘金者的語氣來寫，表達了他們對美好生活的嚮往。到牛郎織女家裏做客，寄託了他們對寧靜的田園牧歌生活的憧憬，全詩氣勢豪邁，想像浪漫，透露出詩人渴望從世俗生活中解脫出來的願望。

古詩詞中的百科

九曲黃河

黃河發源於青海省青藏高原，全長約五千四百六十四公里，是中國第二大河。黃河中段流經黃土高原，河水中捲入了大量泥沙，變得混濁暗黃，因此得名。九曲黃河中的「九」，通常指代黃河流經的九個省區，也就是青海、四川、甘肅、寧夏、內蒙古、陝西、山西、河南以及山東。

帶着泥土氣息的黃河水

黃河是世界上含沙量最多的河流，根據歷史文獻記載，黃河自古就是一條充滿泥沙的混濁河流。「黃河」這一名稱就得自它水中飽含黃土泥沙，致使河水混黃，因此，黃河的名稱本身就帶着黃土地的烙印。黃河中游的水土流失現象十分嚴重，每年約有十六億噸泥沙流入黃河下游。

鯉魚躍龍門

傳說，黃河鯉魚一旦能夠躍過龍門（位於山西省河津市禹門口），就可以幻化為龍。後用來比喻中舉、升官等飛黃騰達之事，或者逆流前進、奮發向上的行為。不過在現實中，那些喜歡跳水的魚，可能是因為受到外界刺激，或者是在繁殖期，其體內產生了一些刺激神經的激素，使牠處於興奮的狀態。

世界各國的母親河

中國：黃河、長江
印度：恒河
柬埔寨、老撾：湄公河
泰國：湄南河
埃及：尼羅河
俄羅斯：伏爾加河
美國：密西西比河
巴西：亞馬遜河

本詩模仿淘金者的口吻，表明了他們對淘金生涯的厭惡，希望過上好日子。黃金一般以游離態存在於沙石中，由於風化作用，岩石破碎形成泥沙、金子顆粒和水。因狀態和移動的速度不同，某些區域會形成傳說中的淘金地。

粗淘　　　　　　曬乾　　　　　　精淘　　　　　　取金

永不低頭

本詩作者劉禹錫是個直性子，認準的事情非做不可，他在朝做官時曾經為了改革弊政積極奔走，遭到反對也不退縮。結果，劉禹錫、柳宗元等八人一同被發配到很遠的地方受罰。

延伸學習

《涼州詞》
唐・王之渙

黃河遠上白雲間，
一片孤城萬仞山。
羌笛何須怨楊柳，
春風不度玉門關。

元·白樸 1226 - 約1306年

字號：字太素，號蘭谷

簡介：元代雜劇作家，與關漢卿、馬致遠、鄭光祖並稱「元曲四大家」。

代表作：《唐明皇秋夜梧桐雨》、《裴少俊牆頭馬上》、《天淨沙·秋》等

天淨沙 (tiān jìng shā) · 秋 (qiū)

孤 (gū) 村 (cūn) 落 (luò) 日 (rì) 殘 (cán) 霞 (xiá)①，

輕 (qīng) 煙 (yān) 老 (lǎo) 樹 (shù)② 寒 (hán) 鴉 (yā)③，

一 (yì) 點 (diǎn) 飛 (fēi) 鴻 (hóng)④ 影 (yǐng) 下 (xià)⑤。

青 (qīng) 山 (shān) 綠 (lǜ) 水 (shuǐ)，

白 (bái) 草 (cǎo)⑥ 紅 (hóng) 葉 (yè) 黃 (huáng) 花 (huā)。

注釋

❶ 殘霞：即將消散的晚霞。

❷ 老樹：指樹木飽經風霜。

❸ 寒鴉：因天氣寒冷即將歸林的烏鴉。

❹ 飛鴻：飛翔的大雁。

❺ 影下：掠過。

❻ 白草：多年生草本植物，枯萎後顏色變白。

譯文

太陽西沉，晚霞漸漸消散，餘暉映照着孤寂的村莊。輕煙緩緩飄向天空，幾隻烏鴉棲息在老樹上，大雁的身影劃過天際。遠處青山綠水，白草、紅葉、黃花互相夾雜，呈現出一派色彩絢麗的秋景。

賞析

「天淨沙」是曲牌名，「秋」是題目，這是一首篇幅較小的元代散曲，也叫作小令。這首小令描繪了一幅黃昏秋景圖，詩人用孤村、落日、殘霞，輕煙、老樹、寒鴉和大雁飛的影子等意象，烘托出深秋的衰敗與淒涼。結尾處卻以青、綠、白、紅、黃相交錯的絢爛色彩，一掃前面的蕭瑟寂寞，使深秋的景色突然鮮活、明麗起來。詞句精練，意境悠長。

古詩詞中的百科

晚霞

「孤村落日殘霞」中的「殘霞」指的是傍晚太陽落山前後，天邊出現的五彩雲霞，也叫晚霞。陽光穿過大氣層，被空氣中無數的微粒散射而形成霞。空氣中的塵埃、水氣等微粒越多，散射出來的光線色彩越顯著。

在早上出現的叫朝霞，在傍晚出現的叫晚霞。

火燒雲

太陽剛剛出來或者快要落山的時候，天邊的雲彩常常是通紅的一片，像火燒過一樣，因此稱為「火燒雲」，也就是朝霞和晚霞。太陽光是由很多種顏色的光混合而成的，其中，紅光穿過空氣層的本領最大，橙、黃、綠光次之，青、藍、紫光最差。清晨或傍晚有雲的時候，太陽光穿過的空氣層較厚，只有紅、橙光可以穿透，這些光線經空氣中的微粒散射後，為天空和雲染上紅、黃色，於是形成了火燒雲。

烏鴉

烏鴉是雀形目鴉科鴉屬中數種黑色鳥類的俗稱，是雀形目中體形最大的鳥類，體長五十厘米左右，嘴大，喜歡鳴叫，全身或大部分羽毛為烏黑色，因此得名。大多為留鳥；集群性強，一群可達幾萬隻；行為複雜，表現出較高的智力和較強的社會性。

倫敦塔的特別住戶：渡鴉

英國的倫敦塔住了一批體型比烏鴉大的渡鴉，相傳倫敦塔如果沒有了渡鴉，英國將會衰敗。因此，在17世紀，英國君主查理二世正式頒布了法令：倫敦塔內必須至少保持有六隻渡鴉，以保證英國國運昌隆。

> 我找不到媽媽了！

> 別哭，我帶你找媽媽吧！

本詩作者白樸幼年生活在汴梁（今河南開封）城，他聰明好學，知書達理，是長輩們鍾愛的「神童」。可是當時社會動盪，在一次戰亂中，白樸與母親走散了。幸虧遇到了父親的好友元好問，他不僅救了白樸，而且收他做弟子，在文學方面給予其很大幫助。

飛鴻

「飛鴻」除了指飛行着的鴻雁之外，還有「音信」的意思。據說漢武帝時蘇武出使匈奴，卻被扣押多年不得回國，匈奴還謊稱蘇武已死。有人教漢朝使者說，漢皇射下一隻大雁，雁足上繫着蘇武的書信，可見他未死。匈奴單于不得不釋放蘇武。自此「鴻雁」就有了書信、信差的意思。

延伸學習

《絕句》
唐‧杜甫
遲日江山麗，
春風花草香。
泥融飛燕子，
沙暖睡鴛鴦。

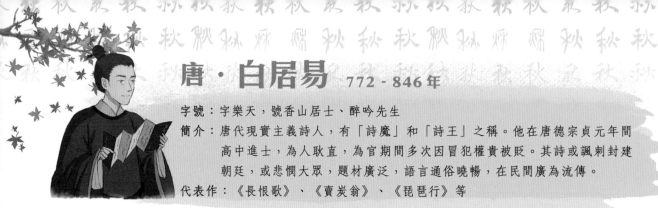

唐·白居易 772 - 846 年

字號：字樂天，號香山居士、醉吟先生

簡介：唐代現實主義詩人，有「詩魔」和「詩王」之稱。他在唐德宗貞元年間高中進士，為人耿直，為官期間多次因冒犯權貴被貶。其詩或諷刺封建朝廷，或悲憫大眾，題材廣泛，語言通俗曉暢，在民間廣為流傳。

代表作：《長恨歌》、《賣炭翁》、《琵琶行》等

池上 chí shàng

裊裊① 涼風動，淒淒②寒露零。
niǎo niǎo liáng fēng dòng，qī qī hán lù líng。

蘭衰花始白，荷破葉猶青。
lán shuāi huā shǐ bái，hé pò yè yóu qīng。

獨立棲沙鶴，雙飛照水螢。
dú lì qī shā hè，shuāng fēi zhào shuǐ yíng。

若為寥落境，仍值酒初醒
ruò wèi liáo luò jìng，réng zhí jiǔ chū xǐng

注釋

❶ 裊裊：形容煙氣繚繞升騰，也可形容細長柔軟的東西隨風擺動。裊niǎo，粵音鳥。

❷ 淒淒：形容寒涼或悲傷淒涼。

譯文

涼風習習，晨露清冷。蘭花凋零，荷葉雖殘破卻依然帶綠。一隻鶴獨自棲息在沙灘上，螢火蟲雙雙飛舞在水面上。（詩人）酒醉初醒，朦朧之中得見眼前景象，感覺寥落無奈。

賞析

這首詩描述了詩人酒後初醒時看到的景色，生動地描繪出深秋寒露的景象。創作基調為閒情偶寄，文字洗練，內容通俗淡雅，是經典佳作之一。

古詩詞中的百科

「寒露」是二十四節氣中的第十七個節氣，也是秋季的第五個節氣，表示秋季正式結束。寒露在每年公曆 10 月 7 日至 9 日之間。白露、寒露、霜降三個節氣，都存在水氣凝結現象，而寒露標誌着氣候從涼爽過渡到寒冷，這時可隱約感到冬天來臨。

🌿 秋寒漸濃 🌿

寒露期間，日夜溫差漸漸變大，人們會借由氣溫明顯感覺到季節的變化。而且在中國，南北方差異很明顯，可能北方已經開始降雪，而南方則剛剛進入秋天。由於天氣漸冷，樹木花草凋零在即，人們謂此「辭青」。

🌿 登高 🌿

眾所周知，重陽節登高的習俗由來已久。重陽節在寒露節氣前後，天氣清涼、乾爽，十分適合登山，慢慢地，重陽節登高的習俗也成了寒露節氣的習俗。

🌿 吃花糕 🌿

重陽除了登高，還要吃花糕，因「高」與「糕」諧音，故應節糕點稱為「重陽花糕」，寓意「步步高升」。花糕粘些香菜葉作為標誌，中間夾上青果、小棗等乾果。

🌿 農諺 🌿

- 吃了寒露飯，單衣漢少見。
- 吃了重陽糕，單衫打成包。
- 寒露霜降麥歸土。
- 寒露霜降，趕快拋上。
- 寒露前後看早麥。
- 寒露時節人人忙，種麥、摘花、打豆場。
- 寒露到霜降，種麥莫慌張；霜降到立冬，種麥莫放鬆。
- 早麥補，晚麥搆，最好不要過霜降。
- 要得苗兒壯，寒露到霜降。
- 小麥點在寒露口，點一碗，收三斗。
- 秋分早，霜降遲，寒露種麥正當時。

白居易還有以下這首同樣叫《池上》的詩：

《池上》
唐·白居易

小娃撐小艇，
偷採白蓮回。
不解藏蹤跡，
浮萍一道開。

🍃 譯文 🍃

小孩子划着小船，偷偷採了蓮花悄悄回來。可是他不知道怎樣隱藏自己的行跡，小船駛過，把堆積在水面上的那層厚厚的浮萍推開了，明顯地留下了小船划過的痕跡。

浮萍

浮萍也叫青萍，是水面浮生植物。表面是綠色，背面是淺黃色或者綠白色。浮萍喜歡溫暖潮濕的環境，繁殖速度很快，一般成片成片地密布在水面上。

娃

「娃」是某些方言中對小孩子的稱呼，例如河南、四川、陝西一帶，這種叫法至今仍有使用。

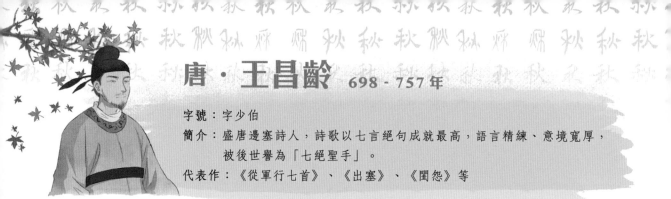

唐・王昌齡 698 - 757 年

字號：字少伯

簡介：盛唐邊塞詩人，詩歌以七言絕句成就最高，語言精練、意境寬厚，被後世譽為「七絕聖手」。

代表作：《從軍行七首》、《出塞》、《閨怨》等

芙蓉樓① 送辛漸

fú róng lóu sòng xīn jiàn

hán yǔ lián jiāng yè rù wú
寒 雨② 連 江 夜 入 吳③ ，

píng míng sòng kè chǔ shān gū
平 明④ 送 客⑤ 楚 山⑥ 孤⑦ 。

luò yáng qīn yǒu rú xiāng wèn
洛 陽 親 友 如 相 問 ，

yí piàn bīng xīn zài yù hú
一 片 冰 心⑧ 在 玉 壺⑨ 。

注釋

❶ 芙蓉樓：原名西北樓，位於今江蘇省鎮江市西北，登樓可以俯瞰長江。

❷ 寒雨：秋冬時節的雨。

❸ 吳：泛指江蘇省與浙江省接壤的地方，三國時期，這裏基本屬於吳國領地。

❹ 平明：天亮。

❺ 客：指作者的友人辛漸。

❻ 楚山：楚地的山，大概位於今南京市一帶。

❼ 孤：指孤單一人。

❽ 冰心：純潔的心。

❾ 玉壺：象徵品格高潔。

譯文

寒冷的夜雨籠罩着吳地的山山水水，清晨送別你後，只留下楚山孤獨的山影。朋友啊，如果洛陽的親友問起我來，就請告訴他們：我的心依然純潔晶瑩，沒有改變。

　　這是一首送別詩，全詩由寫景切入，以冷雨、遠山烘托離別的傷感，即景生情，情景交融，意境開闊。蒼茫的江雨和孤獨的楚山，烘托出詩人的離愁，玉壺和孤山也照應着詩人清廉正直的品格。

古詩詞中的百科

古吳國

中國歷史上曾經有過若干個吳國，包括春秋諸侯國吳、西晉司馬晏的封地、東晉司馬岳的封地、五代十國的吳國、西漢劉濞的封地，以及名氣很大的三國孫吳政權。

楚地

「楚地」指的是古楚國管轄地區，包括現在的湖北、湖南、上海（松江）、江蘇、浙江、山東半島、江西、貴州、廣東部分地區、重慶、河南中南部、安徽南部。現在所說的楚地一般指的是湖南、湖北附近地區。荊楚一帶遠離中原且民風彪悍，不願服從於周天子。楚國從西周中晚期開始對外擴張，到了戰國時期，楚國的版圖已經十分遼闊，基本上佔了當時天下的一半。

楚國的吳起變法

公元前386年到公元前381年，楚悼王任命吳起為令尹，對楚國政治、法律、軍事等實行全方位的改革。經過變法，楚國國力逐漸強盛，在公元前381年，聯合趙國大敗魏國。但楚悼王去世後，吳起變法遭到了楚國舊貴族的強烈反對，還是以失敗告終。

江蘇芙蓉樓

芙蓉樓位於江蘇省鎮江市，原建於古鎮江城內的月華山上，為東晉刺史王恭所建。現在的芙蓉樓是1992年重建的，是一座重簷歇山式的仿古建築。

古今芙蓉樓

過去的芙蓉樓依山傍水、軒昂寬敞、別緻雅典，是文人騷客品茗吟詩、聚會作文的勝地。人們登樓遠眺，風光無限。

今日的芙蓉樓在改造之後，由芙蓉樓、冰心榭、掬月亭及湖中三座石塔組成，風景更見別緻。

> 你娘子是妖精，趕快離開她。

> 不！

> 我要拆散他們！

芙蓉樓地處鎮江，在鎮江流傳着水漫金山的傳說，這也是中國民間故事《白蛇傳》裏的情節。在峨眉山修煉千年的蛇仙白素貞偕同青蛇小青下山報恩，與書生許仙結為夫妻。和尚法海蓄意拆散他們，將許仙騙上金山寺。為救出許仙，青白二人施法引來洪水和蝦兵蟹將與法海鬥法，想要水漫金山，雙方鬥得難解難分。後來，許仙終於逃出金山寺與白娘子團聚。

《夢溪筆談》與夢溪園

鎮江市有一座夢溪園，是北宋著名科學家沈括晚年居住的地方。沈括在這裏撰寫了科學巨著《夢溪筆談》，這是一部涉及古代中國自然科學、工藝技術及社會歷史現象的綜合性筆記體著作。

送別詩

《芙蓉樓送辛漸》是一首送別詩。送別詩以抒發離別之情為主，有的輕鬆愉快，有的滿腔豪情，例如李白的《贈汪倫》、王維的《送元二使安西》等，都是非常出色的送別詩。

玉壺

古人用「玉壺」來形容人的內心純潔無暇，像玉一樣明亮通透，比喻品行高尚、清廉正直，在古詩詞中並不少見。

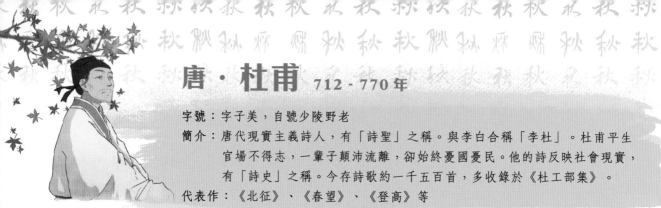

唐·杜甫 712 - 770 年

字號：字子美，自號少陵野老

簡介：唐代現實主義詩人，有「詩聖」之稱。與李白合稱「李杜」。杜甫平生官場不得志，一輩子顛沛流離，卻始終憂國憂民。他的詩反映社會現實，有「詩史」之稱。今存詩歌約一千五百首，多收錄於《杜工部集》。

代表作：《北征》、《春望》、《登高》等

江畔獨步尋花
jiāng pàn dú bù xún huā

黃 四 娘① 家 花 滿 蹊②，
huáng sì niáng jiā huā mǎn xī

千 朵 萬 朵 壓 枝 低 。
qiān duǒ wàn duǒ yā zhī dī

留 連③ 戲 蝶 時 時 舞 ，
liú lián xì dié shí shí wǔ

自 在 嬌④ 鶯 恰 恰⑤ 啼 。
zì zài jiāo yīng qià qià tí

注釋

❶ 黃四娘：杜甫的鄰居，家住成都。
❷ 蹊：小路。蹊xī，粵音兮。
❸ 留連：留戀，捨不得走。
❹ 嬌：可愛的樣子。
❺ 恰恰：象聲詞，形容鳥鳴悅耳。

譯文

　　黃四娘家門前茂盛的鮮花把小路都遮住了，數不清的花朵壓彎了枝條。蝴蝶流連在花叢中捨不得飛走，自由自在的黃鶯也享受着花香，盡情歡唱。

賞析

　　這首詩語言淺白，口語感很強，寫詩人在黃四娘家賞花的情景和感觸，通過描寫爛漫的春光，表達了詩人對美好事物的熱愛之情和久經離亂後得以安居的喜悅心情。本詩按照詩人行走的路線，先用視覺描寫：從千朵萬朵盛開的鮮花，到翩翩飛舞的蝴蝶，再用聽覺描寫：小鳥鳴叫悅耳動聽，使畫面層次豐富，渲染出爛漫的春光。「壓」、「低」二字尤其生動、傳神。

古詩詞中的百科

成都

　　成都是四川省省會，簡稱「蓉」，別稱芙蓉城（蓉城）、錦官城（錦城）等。本詩作者杜甫為了躲避戰亂，帶着家人輾轉到達成都西郊，在浣花溪旁邊蓋起了茅草屋，過了幾年安寧的日子。杜甫的山水田園詩大多在這一時期創作。

成都杜甫草堂

　　杜甫草堂是杜甫流寓成都時的故居。杜甫在此居住了近四年，創作詩歌二百四十餘首。唐末詩人韋莊尋得草堂遺址，重結茅屋，使之得以保存，宋、元、明、清歷代都有修葺擴建。現時的草堂面積近三百畝，完整保留着明弘治十三年（1500）和清嘉慶十六年（1811）修葺擴建時的建築格局，建築古樸典雅，園林清幽秀麗，是中國文學史上的一塊聖地。

劉備定鼎成都

　　東漢末年，軍閥混戰。劉備、孫權兩家聯合，在赤壁之戰中戰勝曹操，奠定了鼎足三分的三國格局。221年，劉備在成都稱帝，史稱蜀漢。在諸葛亮的輔佐下，蜀中一度安定。蜀漢政權維持了四十三年，後被魏所滅。

辛辛苦苦做的美味佳餚一口不吃，又白忙活一場呀！

奢華過度，心好痛呀！

杜甫一生顛沛流離，大部分詩作表達了他對封建朝廷的不滿，其中《麗人行》堪稱絕妙，通過描繪「楊氏兄妹」春遊時的奢華場面，揭露了統治者的腐朽醜態。通篇不見嘲諷與哀歎之詞，卻處處諷刺，聲聲哀歎。

杜甫的爺爺杜審言

杜甫的爺爺杜審言是唐代「近體詩」（絕詩和律詩）的奠基人之一，與當時的崔融、李嶠、蘇味道合稱「文章四友」。其作品格律嚴謹、樸素自然，對五言律詩的發展貢獻很大。

這裏風景真美，我要作首詩！

江畔尋花

杜甫的《江畔獨步尋花》共有七首，寫的全是他沿着江邊散步賞花時的心情與感受，自在清新，表現出難得的閒適之情。

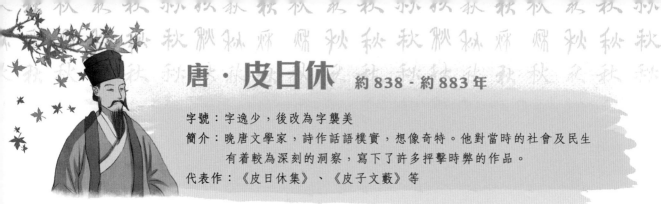

唐 · 皮日休 約838 - 約883 年

字號：字逸少，後改為字襲美

簡介：晚唐文學家，詩作話語樸實，想像奇特。他對當時的社會及民生
有着較為深刻的洞察，寫下了許多抨擊時弊的作品。

代表作：《皮日休集》、《皮子文藪》等

天竺寺①八月十五日夜桂子②

玉顆③珊珊④下月輪，

殿前拾得露華⑤新。

至今不會⑥天中事，

應是嫦娥擲與人。

注釋

❶ 天竺寺：今稱法鏡寺，位於西湖畔靈隱山中。
竺zhú，粵音竹。

❷ 桂子：桂花。

❸ 顆：量詞。

❹ 珊珊：美好、舒緩的樣子。

❺ 露華：露珠。

❻ 不會：不明白。

譯文

　　桂花的花瓣一片片地飄落着，好像月宮丟下的一顆顆玉珠。在天竺寺的大殿堂前拾起桂花，它在露珠的滋潤下潔白、新鮮。不明白天上到底發生了什麼事，這些桂花應該是嫦娥仙子拋到人間的吧。

賞析

　　這首詩寫人間團圓的中秋之夜，有別於其他中秋詩的對月惆悵、傷懷。這是因為詩人皮日休前一年高中進士，正逢金榜題名時，意氣風發，所以，詩人眼中的中秋之景是美好、愉快的，整首詩也顯得輕鬆、明快。

古詩詞中的百科

杭州西湖邊靈隱山與天竺山之間，有三座著名的古老寺院，通稱上天竺寺、中天竺寺、下天竺寺，合稱天竺三寺。中天竺寺在明代改名為法淨寺，上、下天竺寺則由清朝乾隆皇帝分別賜名法喜寺和法鏡寺。三寺都是千年古寺，歷史悠久。

嫦娥為什麼要奔月？

傳說，后羿射掉了九個太陽，並殺死了危害百姓的怪獸，西王母將不死之藥賜給他。后羿將藥交給了妻子嫦娥。一次，后羿的徒弟逢蒙趁師父不在想要奪藥，嫦娥情急之下吞下仙藥，飛升到月亮上。嫦娥為與后羿團聚，精心研製仙藥，催促吳剛砍伐月桂樹，讓玉兔搗藥。月母被其感動，允許嫦娥每年農曆八月十五月圓之日在月桂樹下與后羿相見。傳說中秋節的月桂樹下，可以聽到后羿夫婦的竊竊私語。

本詩作者皮日休有兩大愛好，一是喝酒，二是吟詩，而且喝多了不影響寫好詩，所以人送美名「醉吟先生」。

「獨眼」才子

皮日休左眼眼皮下垂得很嚴重，幾乎把眼球蓋上了。有一回趕考，考官鄭愚原以為皮日休的詩文不錯，一定是一表人才，怎料卻像個「獨眼龍」，於是開玩笑說：「您才高八斗，卻僅有一隻眼睛，真是太可惜了啊！」皮日休當場反唇相譏：「大人千萬不要因為我而喪失了眼力啊！」鄭愚覺得自尊心受到了傷害，之後將皮日休的考試名次定為最後一名，使其落榜。

黃巢起義

唐朝末年，私人鹽商黃巢領導農民起義，是唐末民變中規模最大、影響最深的。乾符五年（878）至中和四年（884），黃巢起義隊伍走遍今天的山東、河南、安徽等省，動搖了唐朝的統治，但由於缺乏經濟保障與羣眾基礎，最終失敗。皮日休也曾參加黃巢起義，黃巢敗亡後，皮日休下落不明。

延伸學習

《十五夜望月寄杜郎中》
唐·王建

中庭地白樹棲鴉，
冷露無聲濕桂花。
今夜月明人盡望，
不知秋思落誰家。

唐·白居易 772 - 846年

字號：字樂天，號香山居士、醉吟先生

簡介：唐代現實主義詩人，有「詩魔」和「詩王」之稱。他在唐德宗貞元年間高中進士，為人耿直，為官期間多次因冒犯權貴被貶。其詩或諷刺封建朝廷，或悲憫大眾，題材廣泛，語言通俗曉暢，在民間廣為流傳。

代表作：《長恨歌》、《賣炭翁》、《琵琶行》等

歲晚（節選）
suì wǎn（jié xuǎn）

霜降①水返壑②，
shuāng jiàng shuǐ fǎn hè

風落木歸山。
fēng luò mù guī shān

冉冉③歲將宴④，
rǎn rǎn suì jiāng yàn

物皆複本源。
wù jiē fù běn yuán

注釋

❶ 霜降：二十四節氣之一，秋季的最後一個節氣。

❷ 壑：水溝。壑hè，粵音確。

❸ 冉冉：形容時光漸漸流逝。冉rǎn，粵音染。

❹ 宴：同「晏」，古義指歲月之末。

譯文

每當霜降時節來臨，空中的水氣向大地沉降，最終回歸到溝壑水道，風吹落葉子，最終也融入山川泥土。不知不覺一年又要過去了，萬物開始周而復始的又一輪循環。

賞析

這首詩從大自然水歸河海、落葉歸根的自然規律，生發出歲月流逝、萬物周而復始的感歎，全詩基調略顯淒涼。前兩句的「水返壑」與「木歸山」，場景都較為宏大，三、四句承接過渡，寫出了詩人的感受，感慨時光逝去，萬物必將回歸源頭。

古詩詞中的百科

「霜降」一般在公曆 10 月 23 日前後，此時秋天接近尾聲，天氣越來越冷，清晨草木上不再有露珠，而是開始結霜。霜降是秋季到冬季的過渡，意味着冬天即將到來。草木由青轉黃，動物們開始儲糧準備過冬了。南方的農民忙於秋種秋收，而北方的農民則要抓緊時間收割地瓜和花生。

霜降殺百草

霜降時節，氣溫變化劇烈，草木開始發黃枯萎，不耐寒的農作物停止生長，等待收穫。南北方温差仍然很大，北方大部分地區平均氣溫已經在 0℃ 以下，而南方則要等到隆冬時節才會有霜產生。「霜降一過百草枯，薯類收藏莫遲誤」，農民在立冬前還要再忙上一陣，收土豆、白菜、蘿蔔等。

霜的形成條件跟露相若，接近地面的空氣裏，水氣冷卻凝結，如果氣溫在 0℃ 以上就會凝結成露，0℃ 以下就凝固成霜，即是碎冰狀的結晶。

荷葉垂

天氣漸冷，池塘裏的荷花早已凋謝，荷葉也垂下了頭，但莖稈仍然挺立着。枯萎的荷葉下隱藏着還沒被挖出來的藕。荷葉營養豐富，含有維生素C及蓮鹼、原荷葉鹼和荷葉鹼等多種生物鹼，對暑熱煩渴、頭痛眩暈、水腫都有很好的療效。

柿子紅

俗語說「霜降吃柿子，冬天不感冒」，被霜打過的柿子進入最佳成熟期，更紅更甜了。霜降時節溫度突然降低，此時，身體保健和飲食調養就顯得尤為重要。人體的胃部和肺部需要多多滋補，以抵抗氣溫的變化，能夠滋陰潤肺的柿子正適合此時食用。

元輕白俗

「元輕白俗」是說唐代詩人元稹（zhěn，粵音診）的詩風輕佻，本文作者白居易的詩風俚俗。語出蘇軾的《祭柳子玉文》。

白府佳釀

白居易愛酒，他向長輩討教了釀酒技術，而且釀出的酒味道很是不錯。每逢美酒開壇，白居易還會邀請鄉鄰一起享用。「白居易造酒除夕賞鄉鄰」的故事，至今還在西安渭北一帶廣為流傳。

真情愛馬

白居易年過六十，有一天突然中了風，一側身體不聽使喚，餵馬都成了問題。這時，他決定將摯愛的駿馬賣掉，也讓紅顏知己樊素離去，找個好人家嫁了。可是到了分別的時刻，馬一再回頭嘶鳴，捨不得離去。樊素也傷心至深，不停地流淚，最後人和馬都沒走成。

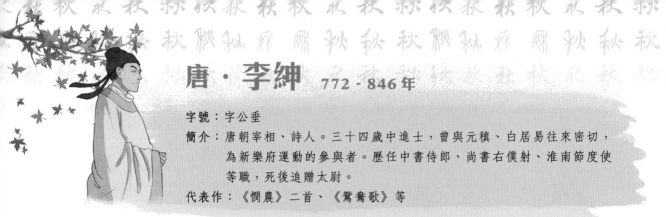

唐 · 李紳　772 - 846 年

字號：字公垂

簡介：唐朝宰相、詩人。三十四歲中進士，曾與元稹、白居易往來密切，
　　　為新樂府運動的參與者。歷任中書侍郎、尚書右僕射、淮南節度使
　　　等職，死後追贈太尉。

代表作：《憫農》二首、《鴛鴦歌》等

憫農 · 其一
（mǐn nóng qí yī）

春　種　一　粒　粟①，
（chūn zhòng yí lì sù）

秋　收　萬　顆　子②。
（qiū shōu wàn kē zǐ）

四　海③無　閒④田　，
（sì hǎi wú xián tián）

農　夫　猶⑤餓　死　。
（nóng fū yóu è sǐ）

注釋

❶ 粟：穀物的種子。

❷ 子：糧食。

❸ 四海：指全國。

❹ 閒：空閒，閒置。

❺ 猶：仍然。

譯文

　　春天播下一粒種子，秋天就可以收穫很多糧食。全國的農田都已經開始播種，辛苦勞作的農民仍然有餓死的。

賞析

　　這首詩具有一定的敘事性質，起因、發展，再到結局，也就是春種、秋收、種田人慘死，線索清晰，反差強烈。「一粒粟」、「萬顆子」描繪出豐收的景象，使下文的「農夫猶餓死」更顯凝重與沉痛。強烈的反差，令人深思。

古詩詞中的百科

春種、秋收

　　春種是指春天播下農作物的種子，秋收則是指當年播種後在秋季收穫農作物，主要包括稻穀、玉米、棉花、芝麻等。古代以農耕為主，春、秋是一年中重要的兩個季節。春種秋收，以春、秋作為一年中最重要的交替，所以，「春秋」也是一年的代稱。

五湖四海

　　「四海無閒田」中的「四海」常與「五湖」並用，泛指全國各地，有時也指世界各地。「五湖」在古代有不同說法，現時一般指洞庭湖、鄱陽湖、太湖、巢湖、洪澤湖。「四海」具體指東海、黃海、南海、渤海。

位於渤海與黃海分界處的蓬萊閣

古代的地理概念

三山	蓬萊、方丈、瀛洲
六合	上下和東西南北四方
八荒	也叫八方，指東、西、南、北、東南、東北、西南、西北八個方向
九州	冀州、兗州、青州、徐州、揚州、荊州、豫州、梁州、雍州

結交損友

本詩作者李紳有一年回鄉時遇到了老朋友李逢吉，李紳賦詩《憫農》，表達自己對故鄉農民的同情和憐憫。李逢吉假裝附和，並向李紳要了手稿，隨後卻舉報說這是「反詩」，還交給了皇帝。沒想到皇帝不但沒有怪罪，反而稱讚李紳憂國憂民，給他升了官。

晚節不保

李紳晚年做了高官，但是越老越糊塗，斷案十分草率。他曾經手過一個案子，案犯名叫吳湘，罪名是貪污、強搶民女。後來明知其中有冤情，但李紳就是不想推翻先前的結論，執意斬了吳湘。

呵斥老龍

李紳要去瑞州任司馬一職，翻山越嶺，好不容易到了康州，卻得知從康州到瑞州只有從康河走水路，然而河水太淺根本無法划船。地方官說，那河裏住着一條老龍，大舉祭拜才能漲水。李紳偏不信，他寫了一篇文章狠狠責備了「龍」，沒想到水竟然漲起來了，於是，李紳的船順利開走了。

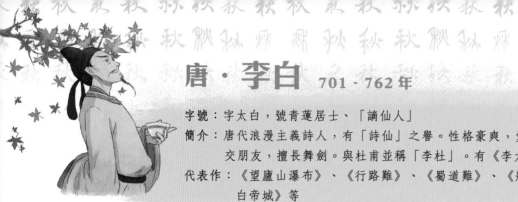

唐·李白 701 - 762 年

字號：字太白，號青蓮居士、「謫仙人」

簡介：唐代浪漫主義詩人，有「詩仙」之譽。性格豪爽，愛好喝酒，喜歡結交朋友，擅長舞劍。與杜甫並稱「李杜」。有《李太白集》傳世。

代表作：《望廬山瀑布》、《行路難》、《蜀道難》、《將進酒》、《早發白帝城》等

靜 夜 思①
jìng yè sī

牀 前 明 月 光 ，
chuáng qián míng yuè guāng

疑② 是 地 上 霜 。
yí shì dì shàng shuāng

舉 頭③ 望 明 月 ，
jǔ tóu wàng míng yuè

低 頭 思④ 故 鄉 。
dī tóu sī gù xiāng

注釋

❶ 思：思緒。

❷ 疑：彷彿，好像。

❸ 舉頭：抬頭。

❹ 思：思念。

譯文

　　牀前灑滿了明亮的月光，感覺像是地面上結了一層白霜。抬頭望着天邊的明月，突然間開始思念家鄉。

賞析

　　這首詩寫於唐玄宗開元十四年（726）的農曆九月十五日，是中國古詩詞當中少有的創作日期記錄如此精確的篇章。全詩由近及遠、由上到下，空間轉換流暢自如，直白的語言往往更能讓遊子感同身受。

古詩詞中的百科

李樹開白花

這花兒真美呀！

本詩作者李白的父親李客，也很有才情，據說當年他給李白取名字的時候，恰巧走到一棵花朵盛開的李子樹下。李客看到一樹潔白的花朵，決定為兒子取名李白，希望他能做個高雅純真的人。事實上，關於李白名字的由來，歷史上有多個版本。還有一種說法是，李白的母親在懷孕時夢到了太白金星，所以為兒子取了此名。

擱筆黃鶴樓

千古名樓黃鶴樓，曾經是眾多文人登臨吟詩的地方。據說，李白登樓只說了「一拳捶碎黃鶴樓，一腳踢翻鸚鵡洲。眼前有景道不得，崔顥題詩在上頭」四句，什麼都沒寫就走了，因為他覺得崔顥的《黃鶴樓》簡直無法超越。

昔人已乘黃鶴去，此地空餘黃鶴樓……

昔人已乘黃鶴去　此地空餘黃鶴樓

無法超越，不寫了！

桃花與酒家

據說詩人汪倫仰慕李白，曾給李白寫信說：「先生來吧，我家有『十里桃花』和『萬家酒家』，花好看酒好喝。」李白心動就去了。現場一看，只有姓萬的開了酒家，汪家十里開外有個桃花潭而已。李白哈哈大笑，沒有生氣，還跟汪倫成為了朋友。

患難見真情

由於牽扯到叛亂，李白人生發生了巨大轉折，無奈投奔安徽當塗的同族叔父李陽冰，之後才安定下來。李白最終病逝於當塗，並將一生手稿託付給李陽冰，後被整理成《草堂集》（後改名《李太白集》）十卷，得以流傳。

與好友分道揚鑣

李白與高適、杜甫曾經攜手同遊汴州，同蓋一牀被子，感情至深，但後來發生了一件事，讓李白與高適這對好朋友從此形同陌路。那就是安史之亂後，李白因永王獲罪入獄，高適當時是平叛主將，李白向高適求救卻沒有得到任何回應。雖然之後因為趕上肅宗大赦而得以自由，但兩人自此再無來往。

李白也有偶像

李白十分仰慕比自己年長十二歲的前輩詩人孟浩然。李白二十六歲開始四處遊學，走到湖北襄陽時聽說孟浩然在此，立即前去拜會。孟浩然當時已頗有名氣，與李白一見如故，十分投契。後來孟浩然要去別的地方，李白就寫了一首《送孟浩然之廣陵》。李白成名後，寫了多首詩送給孟浩然。兩人多年後再次見到，李白又寫了一首《贈孟浩然》，在詩中直接表達了自己的敬佩和仰慕：「吾愛孟夫子，風流天下聞」。

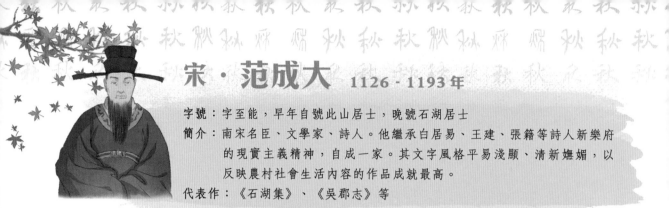

宋・范成大 1126 - 1193 年

字號：字至能，早年自號此山居士，晚號石湖居士

簡介：南宋名臣、文學家、詩人。他繼承白居易、王建、張籍等詩人新樂府
的現實主義精神，自成一家。其文字風格平易淺顯、清新嫵媚，以
反映農村社會生活內容的作品成就最高。

代表作：《石湖集》、《吳郡志》等

四時田園雜興 · 其七

晝出耘田① 夜績②麻，

村莊兒女各當家③。

童孫未解④供⑤耕織，

也傍⑥桑陰學種瓜。

注釋

❶ 耘田：在田裏鋤草。

❷ 績：將棉或麻搓成線。

❸ 當家：承擔一份工作。

❹ 未解：不懂。

❺ 供：從事，參加。

❻ 傍：靠近。

譯文

　　白天在田裏鋤草，夜晚就在家裏搓細麻，村裏的男男女女都要承擔各自的勞動。小孩子不會耕田織布，也要在靠近樹蔭的地方學習種瓜。

賞析

　　《四時田園雜興》是一組田園詩，共有六十首，描寫農村春、夏、秋、冬四季的景色和農民生活。這首詩是其中之七，詩人用清新的筆調，對農村初夏時的緊張勞動作了細膩描寫，讀來意趣橫生。

古詩詞中的百科

　　巾幘（zé，粵音積）是中國古代漢族男子裹頭髮用的頭巾，大約從漢代開始流行，一般官員和成年之後的平民均可佩戴。

　　南宋與金朝簽訂「隆興和議」之後，國土面積變小了。據說，當時的皇帝想要為先祖爭取一塊陵寢，朝中官員都不敢去，只有本詩作者范成大慷慨受命。金朝官員仰慕這位勇者，紛紛學他用巾幘裹起了頭髮。

古代人戴什麼帽子？

　　中國古代的「帽子」形式多樣，有冠、冕、弁（biàn，粵音辯）、巾幘、襆頭、盔等樣式。這些「帽子」除了防寒保暖之外，也有極為重要的裝飾作用，代表了身份和地位的不同。

冠	冕	弁	幘
專門供貴族戴的帽子，種類繁多。古代男子到成年時需舉行加冠禮。	天子、諸侯、卿、大夫所戴的禮儀用帽，上有一塊長方形的版（綖），綖前後掛串珠（旒），按地位級別而有不同數量。後來只有帝王才戴冕。	配禮服用，比冕次一級，分為文冠（赤黑色布做的爵弁）和武冠（白鹿皮做的皮冠）。	原是圍在額上的頭巾，後在幘上覆巾。平民百姓也能戴，家居外出都能戴。

   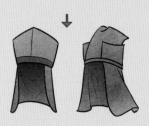

詩人隱居之地：石湖

　　石湖位於蘇州古城西南，是太湖的一個分支，石湖范村是范成大辭官之後隱居的地方，《吳郡志》以及《四時田園雜興》組詩都是在這裏創作的。《吳郡志》又名《吳門志》，其中翔實記錄了當地的風俗、古跡、廟堂、水利等方面的內容，是范成大留給家鄉父老的一部地方志著作。

雜興

　　雜興是一種有感而發、隨手寫下的詩歌，在唐、宋兩朝比較流行，比如唐朝儲光羲的《田家雜興》、王昌齡的《雜興》等。范成大的《四時田園雜興》組詩規模龐大，竟然有六十首之多。

種瓜得瓜

　　「種瓜得瓜」是一則成語，意思是種什麼就會收穫什麼。原為佛教用語，比喻因果報應，後用來形容做了什麼事，就會得到什麼樣的結果。

延伸學習

《四時田園雜興·其二》
宋·范成大

梅子金黃杏子肥，
麥花雪白菜花稀。
日長籬落無人過，
惟有蜻蜓蛺蝶飛。

立春 農曆二十四節氣中的第一個節氣，又名歲首、立春節等。二十四節氣是依據黃道推算出來的。立，是「開始」的意思；春，代表着溫暖、生長。立春意味着春季的開始。古時候流行在立春時祭拜春神、太歲、土地神等，敬天法祖，並由此衍化出辭舊布新、迎春祈福等一系列祭祝祈年文化活動。

雨水 二十四節氣中的第二個節氣，在每年農曆正月十五前後（公曆 2 月 18 日至 20 日），太陽到達黃經 330°。東風解凍，散而為雨，天氣回暖，雪漸少，雨漸多。雨水節氣前後，萬物開始萌動，氣象意義上的春天正式到來。雨水和穀雨、小雪、大雪一樣，都是反映降水現象的節氣。

驚蟄 中國農曆二十四節氣中的第三個節氣，一般在公曆 3 月 5 日或 6 日。此時太陽到達黃經 345°，標誌着仲春時節的開始。此時氣溫回升，雨水增多，正是中國大部分地區開始春耕的時候。此前，一些動物入冬藏伏土中，不飲不食，稱為「蟄」；到了「驚蟄」，天上的春雷驚醒蟄居的動物，稱為「驚」。

春分 春季九十天的中分點、二十四節氣之一，在每年公曆 3 月 21 日左右。這一天，太陽直射地球赤道，南北半球季節相反，北半球是春分，南半球就是秋分。春分也是節日和祭祀慶典，是伊朗、土耳其、阿富汗等國家的新年。中國民間通常將其作為踏青（春天到野外郊遊）的開始。

清明 「清明」既是自然節氣，也是傳統節日，一般在公曆 4 月 4 日或 5 日。清明節，又稱踏青節、祭祖節，融自然與人文風俗為一體。清明節習俗是踏青郊遊、掃墓祭祀、緬懷祖先，這是中華民族延續數千年的優良傳統，不僅有利於弘揚孝道親情、喚醒家族共同記憶，還能增強家族成員乃至民族的凝聚力和認同感。

穀雨 二十四節氣中的第六個節氣，也是春季最後一個節氣，意味着寒潮天氣基本結束，氣溫回升加快，將有利於穀類農作物的生長。每年公曆 4 月 19 日至 21 日，太陽到達黃經 30°時為穀雨，源自古人「雨生百穀」之説。這時也是播種移苗、種瓜點豆的最佳時節。

立夏

農曆二十四節氣中的第七個節氣，夏季的第一個節氣，代表着盛夏正式開始。隨着氣溫漸漸升高，白天越來越長，人們的衣着打扮也變得清涼起來。《曆書》道：斗指東南，維為立夏，萬物至此皆長大。人們習慣上把立夏當作炎暑將臨、雷雨增多、農作物生長進入旺季的一個重要節氣。

小滿

夏季的第二個節氣。此時，北方夏熟作物的籽粒開始灌漿，但只是小滿，還未成熟、飽滿。每年公曆 5 月 20 日到 22 日之間，太陽到達黃經 60° 時為小滿。小滿時節，降雨多、雨量大。俗話説「立夏小滿，江河易滿」，反映的正是華南地區降雨多、雨量大的氣候特徵。

芒種

時間通常為公曆6月6日前後。芒種時節，中國大部分地區氣溫顯著升高，長江中下游陸續變得多雨。小麥、大麥等有芒作物可以收穫，黍、稷等要在夏天播種的作物正待插秧播種，所以在芒種前後，農民會非常忙碌。種完水稻之後，家家戶戶都會用新麥麵蒸發包作為供品，祈求秋天有好收成，五穀豐登。

夏至

二十四節氣之一，在每年公曆的 6 月 20 至 22 日。夏至這天，太陽幾乎直射北回歸線，北半球各地的白晝時間達到全年最長。這天過後，太陽將會走「回頭路」，陽光直射點開始從北回歸線向南移動，北半球白晝將會逐日減短。

小暑

「小暑」在每年公曆 7 月 6 日至 8 日之間。暑代表炎熱，節氣到了小暑，表示開始進入炎熱的夏日。古人將小暑分為「三候」，每「候」五天，「一候」吹來的風都夾雜熱浪；「二候」田野的蟋蟀到民居附近避暑；「三候」鷹上高空，因為那裏比較清涼。

大暑

夏季的最後一個節氣，通常在公曆 7 月 23 日前後，此時是一年中天氣最炎熱的時候。農作物生長很快，旱災、氾濫、風災等各種氣象災害也最為頻繁。中國東南沿海一些地區有「過大暑」的習俗，例如，福建莆田人要在這天互贈荔枝。

二十四節氣 秋

立秋 秋天的第一個節氣，一般在公曆 8 月 7 至 9 日之間，這時候夏去秋來，季節變化的感覺還很微小，天氣還熱，但接下來北方地區會加快入秋的腳步，秋高氣爽，氣溫也逐漸降低。立秋時節，民間還會祭祀土地神，慶祝豐收。

處暑 通常在公曆 8 月 23 日前後，也就是農曆的七月中旬。「處」有終止的意思，「處暑」也可理解為「出暑」，即是炎熱離開，氣溫逐漸下降。可在現實生活中，由於受短期回熱天氣影響，處暑過後仍會有一段時間持續高溫，俗稱「秋老虎」。真正的涼爽一般要到白露前後。

白露 農曆二十四節氣中的第十五個節氣，一般在公曆 9 月 7 至 9 日之間。這個時候天氣漸漸轉涼，夜晚氣溫下降，空氣中的水氣遇冷凝結成細小的水珠，密集地附着在花草樹木的綠色莖葉或花瓣上。清晨，水珠在陽光照射下，晶瑩剔透、潔白無瑕，所以稱為白露。

秋分 農曆二十四節氣中的第十六個節氣，時間一般為每年的公曆 9 月 22 至 24 日。南方的氣候由這一節氣起才開始入秋。秋分這一天的晝夜長短相等，各十二小時。秋分過後，太陽直射點繼續由赤道向南半球推移，北半球各地開始晝短夜長，南半球則相反。

寒露 二十四節氣中的第十七個節氣，也是秋季的第五個節氣，表示秋季正式結束。寒露在每年公曆 10 月 7 日至 9 日之間。白露、寒露、霜降三個節氣，都存在水氣凝結現象，而寒露標誌着氣候從涼爽過渡到寒冷，這時可隱約感到冬天來臨。

霜降 一般在公曆 10 月 23 日前後，此時秋天接近尾聲，天氣越來越冷，清晨草木上不再有露珠，而是開始結霜。霜降是秋季到冬季的過渡，意味着冬天即將到來。草木由青轉黃，動物們開始儲糧準備過冬了。南方的農民忙於秋種秋收，而北方的農民則要抓緊時間收割地瓜和花生。

二十四節氣 冬

立冬

冬季裏的第一個節氣，在公曆 11 月 6 至 8 日之間。立冬標誌着冬季的正式來臨。隨着溫度的降低，草木凋零、蟄蟲休眠，萬物活動漸趨緩慢。人們在秋天收割農作物，到了冬天就要收藏好，有「秋收冬藏」的説法。立冬還有「補冬」的習俗，北方人吃水餃，南方人就吃滋補身體的食物，也有用藥材、薑、辣椒等驅寒補身。

小雪

冬季的第二個節氣，一般在公曆 11 月 22 日或 23 日。此時由於天氣寒冷，中國東部常會出現大範圍大風、降溫，而北方早已進入寒冷冰封的時節。雖然北方已經下雪，但雪量還不大，所以稱為「小雪」。每年這個時候，氣候變得乾燥，是中國南方加工臘肉的好時機。

大雪

農曆二十四節氣中的第二十一個節氣，冬季的第三個節氣，代表仲冬時節正式開始，在公曆 12 月 6 至 8 日之間。《月令七十二候集解》説：「大雪，十一月節。大者，盛也。至此而雪盛矣。」需要注意的是，大雪的意思是天氣更冷，降雪的可能性比小雪時更大了，而並不是指降雪量大。

冬至

一年中的第二十二個節氣，一般為公曆 12 月 21 至 23 日之間。這一天北半球太陽最高、白天最短。古代民間有「冬至大如年」、「冬至大過年」之説，在中國北方地區，冬至這一天有吃餃子的習俗，而南方沿海部分地區至今仍延續着冬至祭祖的傳統習俗。

小寒

農曆二十四節氣中的第二十三個節氣，也是冬季的第五個節氣，代表冬季的正式到來，一般在公曆 1 月 5 至 7 日之間。來到小寒，冷空氣南下，各地氣溫持續下降。根據中國的氣象資料，在北方地區，小寒是氣溫最低的節氣，只有少數年份的大寒氣溫會低於小寒，南方地區的小寒則可能不及大寒低溫。

大寒

農曆二十四節氣中的最後一個節氣。每年公曆 1 月 20 日前後，太陽到達黃經 300°時，即為大寒。這時，寒潮南下頻繁，是中國部分地區一年中最冷的時期。大寒來臨時，交通運輸部門要特別注意及早採取預防大風降溫、大雪等災害性天氣的措施。

藏在古詩詞裏的知識百科・秋天篇

編　　繪：貓貓咪呀
責任編輯：陳友娣
美術設計：鄭雅玲
出　　版：新雅文化事業有限公司
　　　　　香港英皇道 499 號北角工業大廈 18 樓
　　　　　電話：(852) 2138 7998
　　　　　傳真：(852) 2597 4003
　　　　　網址：http://www.sunya.com.hk
　　　　　電郵：marketing@sunya.com.hk
發　　行：香港聯合書刊物流有限公司
　　　　　香港荃灣德士古道 220-248 號荃灣工業中心 16 樓
　　　　　電話：(852) 2150 2100
　　　　　傳真：(852) 2407 3062
　　　　　電郵：info@suplogistics.com.hk
印　　刷：中華商務彩色印刷有限公司
　　　　　香港新界大埔汀麗路 36 號
版　　次：二〇二一年三月初版

繁體中文版版權由北京貓貓咪呀文化傳媒有限公司授予

ISBN: 978-962-08-7716-2
© 2021 Sun Ya Publications (HK) Ltd.
18/F, North Point Industrial Building, 499 King's Road, Hong Kong
Published in Hong Kong, China
Printed in China